le cœur
oublié

Données de catalogage avant publication (Canada)

Lamarche, Claude, 1939-

Le cœur oublié
ISBN 2-89455-066-9

1. Alzheimer, Maladie d' – Romans, nouvelles, etc.   I. Titre.

PS8573.A383C63 1999   C843'.54   C99-940206-4
PS9573.A383C63 1999
PQ3919.2.L35C63 1999

L'éditeur remercie le ministère du Patrimoine canadien, la SODEC et le Conseil des Arts du Canada pour leur appui.

© Guy Saint-Jean Éditeur Inc. 1999

Page couverture: reproduction d'une huile sur toile de Roger Ricard, *Les noces de juin, Sainte-Dorothée*, 1989. 61 X 76 cm. Collection: Groupe Conseil LNR.

Conception graphique: Christiane Séguin
Révision: Andrée Laprise

Dépôt légal 1er trimestre 1999
Bibliothèques nationales du Québec et du Canada
ISBN 2-89455-066-9

DISTRIBUTION ET DIFFUSION

AMÉRIQUE
Diffusion Prologue Inc.
1650, boul. Lionel-Bertrand
Boisbriand (Québec)
Canada J7H 1N7
(450) 434-0306

SUISSE
Transat s.a.
Rte des Jeunes, 4 ter
Case postale 125
1211 Genève 26
Suisse
342.77.40

BELGIQUE
Diffusion Vander s.a.
321 Avenue des Volontaires
B-1150 Bruxelles
Belgique
(2) 762.98.04

FRANCE (Distribution)
Distique S.A.
5, rue du Maréchal Leclerc
28600 Luisant
France
(02) 37.30.57.00

(Diffusion)
C.E.D. Diffusion
73, Quai Auguste Deshaies
94200 Ivry/Seine
France
(01) 46.58.38.40

GUY SAINT-JEAN ÉDITEUR INC.
674, Place Publique, bureau 200B
Laval (Québec)
CANADA H7X 1G1
(450) 689-6402

Imprimé et relié au Canada

CLAUDE LAMARCHE

le cœur
oublié

Guy Saint-Jean
ÉDITEUR

À Albert, Rose, Romuald et Lauriette.

Première partie

1

Zoé a toujours eu envie d'écrire un roman, mais il n'arrivait jamais à l'enclencher. Il jugeait ses talents d'écrivain (et particulièrement de romancier) très limités.

«Les mots ne me viennent pas facilement, je manque d'imagination, et les études de caractère et les introspections ne m'ont jamais attiré», déplorait-il. Celles-ci rebutaient aussi son père, Ferdinand. Homme simple et pratique, il avait l'habitude de dire que les introspections (qu'il appelait du «brassage de marde») venaient de gens qui n'avaient rien d'autre à faire que «pelleter de la boucane».

De plus, Zoé considérait la création littéraire trop astreignante pour s'engager dans l'aventure d'un roman qui exigeait de longues sessions de travail. «Une période d'écriture qui dépasse une heure est, pour moi, un tourment, pour ne pas dire un calvaire! Je consulte continuellement ma montre pour savoir combien il reste de temps au supplice. Quand ma séance est terminée, c'est comme une délivrance. Je peux enfin faire ce que j'aime, qui, dans les circonstances, est n'importe quoi sauf écrire.»

En fait, l'ultime raison, qui l'avait toujours empêché de créer une histoire romanesque, c'est qu'il n'avait pas de drame à raconter. Il était en manque de souffrance. Bien entendu, pour être capable de raconter ou d'inventer un drame, il faut d'abord avoir souffert. En tout cas, c'est ce que disent les livres spécialisés sur le sujet. Le malheur, tu l'as ou tu ne l'as pas. Zoé, ne l'avait pas!

Le bonheur lui a toujours collé à la peau ne lui laissant pas le temps d'être malheureux. Les perturbations de l'esprit et les déchirements du cœur ne se sont jamais intéressés à lui comme s'il en était indigne.

Il est vrai que le bonheur n'est pas un sujet attirant. On dirait qu'il fait vieux jeu, qu'il est «passé date», disent les anglicistes. Les médias l'ont compris: ils en parlent rarement.

Ce qui amenait Zoé à dire que «dans ce monde de l'éphémère, du clip et du jeter après usage, les gens ont besoin de quelque chose qui soit solide, permanent, durable. Avec le malheur, on ne se trompe pas!»

Décidément, Zoé se trouvait ridicule, passé de mode, hors d'ordre avec son bonheur et... avec un récit qui en ferait l'étalage!

Il n'arrivait pourtant pas à se rappeler ce qui, finalement, l'avait décidé à commencer à écrire son roman.

2

Mai 1937. Repentigny.

Cinq pieds, quatre pouces, cent vingt-cinq livres. Un air froid, sévère, taciturne. Un visage peu habitué à sourire et à rire. Des yeux noirs perçants. Un ton bourru, impatient. Un discours bref, tranchant, incisif qui n'invite ni au dialogue ni à la conversation. Encore moins à la riposte.

Télesphore inspirait le respect et la crainte. Les femmes avaient tendance à baisser les yeux en s'adressant à lui, les hommes, à le vouvoyer, les enfants, à l'éviter. Quand Imalda faisait allusion à son mari, elle commençait toujours ses phrases par «Monsieur Télesphore pense que» ou «Comme monsieur Télesphore disait».

Un esprit indépendant, têtu, qui n'écoutait personne. Même pas le médecin qui, un jour, lui avait prescrit un régime sévère pour soigner ses problèmes de cœur. Une diète qu'il avait repoussée du revers de la main pour conserver la sienne: de la graisse de rôti au déjeuner, du lard salé au dîner et un sandwich au porc frais le soir avant de se coucher pour apaiser ses petits creux.

Il habitait le village de Repentigny. Il demeurait en face de l'église. C'est là qu'il travaillait comme bedeau.

Un préposé au culte consciencieux, discret, ponctuel, fiable et même, qualité étonnante pour un homme de son tempérament, révérencieux.

Il avait aussi charge du cimetière et de ses morts: il leur creusait des fosses, préparait leur service religieux, les enterrait. Il prenait un soin jaloux de son cimetière: entretenait ses allées, l'enjolivait de fleurs. Il y passait beaucoup de temps. On le voyait souvent, même dans ses moments libres, y flâner, s'arrêtant ici et là pour arracher des mauvaises herbes, protéger une fleur fragile, se recueillir devant un monument (toujours le même), s'y signer et prier.

Si à l'aise et si tendre avec les morts, si tendu et si mal endurant avec les vivants!

Toutefois, même impatient, sévère, insociable, Télesphore était un homme recherché. De partout, on faisait appel à lui. Des gens de son entourage, ceux de la place comme ceux des villages environnants. On accourait de Montréal pour le consulter. Il faut dire que Télesphore possédait des dons.

Il arrêtait le sang. Il pouvait aussi, à l'aide d'un bâton en forme de fourche, détecter une source d'eau potable. Personne à dix milles de Repentigny n'aurait osé creuser un puits sans avoir, au préalable, consulté Télesphore et son bâton.

Mais ce qui faisait sa grande renommée, c'était son pouvoir de guérir l'herbe à puces, une maladie qui se soignait difficilement dans les années 1930. Cette herbe provoquait des démangeaisons très irritantes et le corps se couvrait de boutons et de plaies dégoûtantes.

Télesphore pratiquait son métier avec autant d'attention et d'application que de froideur et d'austérité. Avant de prodiguer ses soins, il s'endimanchait. Il recevait ses patients au salon de la maison. Sans déférence, sans chaleur. Il ne s'informait pas de leur nom, de leur âge, ou comment ils avaient contracté la maladie et depuis combien de temps ils en étaient atteints.

Imperturbable et silencieux, il examinait attentivement les plaies. Brusquement, il ouvrait un grand coffre à onguents, en choisissait un, le remettait au patient apeuré et lui disait: «Quatre fois par jour, lavez les plaies à l'eau tiède, puis enduisez-les de cet onguent. Dans trois semaines, tout sera disparu».

Trois semaines plus tard, infailliblement, il n'y avait plus aucune trace d'herbe à puces.

Il refusait qu'on le remercie, qu'on le paie ou qu'on lui fasse des cadeaux. «Si vous voulez absolument faire quelque chose, faites chanter des messes pour le repos des âmes des morts.»

Une fois son ordonnance dictée, il se contentait d'ajouter sèchement: «Au suivant!» Et le suivant entrait aussi traumatisé que le précédent.

Certains dimanches, il voyait quinze herbes à puces!

Il sortait épuisé de ces séances. Il quittait alors la maison et se réfugiait dans son cimetière.

* * *

Télesphore avait commandé: «Donnez-lui le prénom de Zoé!»

Trois jours plus tard, l'enfant était baptisé: Zoé Delcourt.

3

Si les parents de Zoé avaient accepté de si bonne grâce «sa suggestion», c'est qu'ils avaient un grand respect et une profonde affection pour Télesphore et qu'ils savaient l'importance qu'il accordait à ce prénom. «Zoé» leur plaisait: ils le trouvaient original. Tellement que Zoé n'a jamais rencontré personne qui le portait, sauf les chats et les chiens de ses amis. À North Hatley, en Estrie, où il se rend parfois, il a fait la connaissance d'un poney qui porte aussi ce prénom. Il s'appelle Zoé Poney.

Quand Zoé (il avait alors tout près de quatre ans)

lui avait demandé pourquoi il avait choisi ce prénom, Télesphore lui avait répondu sèchement: «Parce que». Zoé n'avait pas insisté. Les enfants l'ennuyaient. Les adultes tout autant. Le grand-père répliquait souvent par un «parce que» froid et sec aux questions qu'il jugeait inopportunes et ennuyeuses.

Il est à peine nécessaire de dire que Zoé a fréquemment été placé dans des situations embarrassantes à cause de son prénom. À l'école surtout quand, au début de l'année, il devait s'identifier devant la classe. Il y subissait les airs incrédules des professeurs, les fous rires et les quolibets des autres élèves, sans compter l'obligation et la nécessité de le répéter, sous prétexte qu'on n'avait pas bien entendu ou pour le plaisir de s'en moquer de nouveau. «C'est-y vrai que c'est un nom de fille?», lui demandait-on fréquemment d'un air mi-naïf, mi-espiègle. Il y avait aussi ses amies de cœur qui, immanquablement, à la première rencontre, insistaient candidement pour connaître... son véritable prénom!

En réalité, son prénom ne l'a jamais perturbé. Zoé est pourvu d'un tempérament accommodant. Pour lui un verre est à demi-plein plutôt qu'à demi-vide; s'il pleut aujourd'hui, il fera beau demain. Un joyeux naufragé dans l'âme, quoi! Ajoutez à cela un humour à toute épreuve, qui lui permet de désamorcer les situations les plus tendues, de se sortir (ou de s'empêcher d'y entrer) de périodes de cafard trop prolongées et de se moquer de tout et de rien, surtout de lui-même.

Il reste que Zoé et Francine, son épouse, ont donné à leurs enfants des prénoms plus courants, jugeant qu'ils n'hériteraient peut-être pas des gènes indulgents de leur père.

16

Leur fils s'appelle Robert; leur fille, Raymonde. Les deux détestent leur prénom, estimant qu'ils manquent d'originalité et de piquant!

4

Zoé a 57 ans. Il est professeur de français à l'école secondaire depuis 31 ans. Comme tout le monde, il lit souvent dans les journaux que les gens de son âge ne devraient plus travailler, qu'ils devraient avoir la décence de laisser la place aux plus jeunes. «Paraît-il que je suis assez vieux pour faire un professeur à la retraite comme on dirait de quelqu'un, qui a atteint un certain âge, qu'il est assez vieux pour faire un mort. Je ne veux pas mourir! Je suis peut-être accommodant, mais je n'ai quand même pas un tempérament suicidaire!», aime-t-il expliquer.

Son métier le captive autant qu'aux premiers jours. Aux yeux de plusieurs, cette passion prolongée est anormale. «J'en ai parlé, dit-il, d'abord à un psychologue, puis, à un psychiatre. Tous deux se sont moqués de moi et ont proclamé que je souffrais d'une maladie sans remède connu, pour laquelle leur science n'était d'aucun secours et que, de toute façon, sa guérison viendrait d'elle-même. "Le temps s'en chargerait", avaient-ils ajouté laconiquement».

Zoé n'a pas poussé plus loin son enquête. Il n'a pas osé consulter un orienteur pour savoir s'il était bien à sa place. «Une réponse négative m'aurait démoli. Je n'aurais jamais pu accepter avoir passé à côté de ma vie sans le savoir. De quoi aurais-je eu l'air: avouer avoir raté ma vie 31 ans en retard? Penser donc: 31 ans à être heureux, alors qu'en réalité j'aurais dû être malheureux! On m'aurait alors traité de menteur, de fourbe, d'imposteur du bonheur! Je crois que je n'aurais jamais pu supporter cette honte et que j'aurais abandonné l'enseignement sur-le-champ pour laisser la place... à un plus jeune!»

5

— Et Robert?, demanda Francine à son mari.

— Qu'est-ce qu'il y a à propos de Robert?, répondit-il.

— Zoé!!!!!!

— Mais où est-il?

— S'il y a quelqu'un qui devrait savoir où est passé Robert c'est bien toi, Zoé! Tu l'as encore oublié à l'épicerie!!!

C'était la deuxième fois qu'il l'oubliait ainsi chez Steinberg. Il y était retourné en vitesse.

Robert était là où Zoé l'avait laissé, au rayon des «céréales». Assis par terre, le visage barbouillé, la bouche pleine, cinq boîtes ouvertes autour de lui. Il semblait s'amuser follement.

Zoé était soulagé, mais un peu penaud!

Il l'était encore davantage de retour à la maison, Robert d'une main et le sac contenant les cinq boîtes de céréales de l'autre.

— Zoé, avait répété Francine, son épouse.

Toutefois, le ton avait changé. Cette fois, le «Zoé» s'était étiré doucement; avait pris des yeux rieurs et un sourire moqueur. Un sourire compréhensif, franc, sans arrière-pensée, juste tendre et apaisant.

Un sourire que Zoé connaissait bien, leur sourire entendu qu'ils réservaient aux situations pénibles; celui qui calmait les tensions.

Mais le fait demeurait: pour la deuxième fois, il avait oublié son fils de trois ans et demi à l'épicerie!

6

Trois ans et demi! C'est l'âge qu'avait Zoé quand il jugea bon de grimper sur les genoux de Télesphore pour la première fois. Aucun des autres petits-enfants n'avait agi ainsi. Et il n'y aurait jamais d'imitateur ou de concurrent. Qui aurait osé?

Zoé prenait place sur ses genoux, tirait sa barbiche et, en lui caressant la joue, lui susurrait d'une voix câline: «Beau Télesphore, tu es donc beau, mon Télesphore!»

Pas un «mon grand-papa», ni un «mon grand-père chéri». «Télesphore», tout court! Et vlan!

Il tutoyait son grand-père! Il l'interpellait par son prénom!

Du jamais vu, de l'inimaginable.

Et dire que son grand-père était laid comme un singe. Laid à faire peur... même endormi!

«Beau Télesphore!»

Et Télesphore souriait d'aise... et de plaisir.

Ses séances n'étaient jamais très longues. C'était toujours Zoé qui y mettait fin. Jamais Télesphore. Zoé avait la bougeotte des enfants de son âge. Avant de le quitter, il lui faisait une bise sur la joue. Télesphore le serrait dans ses bras et souvent il lui glissait dans l'oreille à plusieurs reprises: «Zoé! Zoé! Zoé!» Un doux chuchotement, comme une musique qui s'infiltrait en lui.

À l'occasion d'une de ces séances de charme, Zoé lui avait demandé pourquoi il portait ce prénom.

Télesphore s'était alors raidi brusquement. Cette fois-là, il n'y avait eu ni serrements ni chuchotements.

Télesphore avait coupé court et répondu sèchement son «parce que» tranchant.

Zoé était parti en pleurant rejoindre les bras de sa mère, Lucienne. Télesphore, quant à lui, avait repris son air renfrogné... pour camoufler la tristesse qui était alors apparue subitement sur son visage.

7

Ferdinand était Télesphore en plus, en moins et en aussi. Plus affable, plus tolérant. Moins têtu, moins solitaire. Aussi orgueilleux, indépendant et généreux.

Ferdinand vouait un grand respect à Télesphore. Celui-ci était fier de son fils aîné.

— Mon père est un guérisseur, disait l'un aux gens de la ville.

— Mon fils est menuisier, disait l'autre aux gens du village.

C'est Ferdinand qui l'avait convaincu, lui, Télesphore, qui n'écoutait personne, de vendre sa terre, compte tenu de ses problèmes de cœur, et d'accepter ce poste de bedeau.

C'est Télesphore qui l'avait persuadé d'appeler son premier fils Zoé, lui, Ferdinand, qui préférait celui de Maurice.

Ils se comprenaient à demi-mots. Ni l'un ni l'autre n'étaient hommes de palabres. Ils n'avaient pas besoin de longues discussions pour s'influencer. Souvent, les silences suffisaient.

Le silence du cimetière entre autres où ils se retrouvaient immanquablement les jours où Ferdinand se rendait à Repentigny visiter ses parents.

8

Le 29 août 1994.

Les élèves reviennent à l'école demain.

Les professeurs sont en journées pédagogiques depuis deux jours: un mini-camp d'entraînement annuel qui sert à dépoussiérer les connaissances et à les mettre à point, à se dégourdir l'esprit, à se refaire le nez aux odeurs des livres et des cahiers, à réapprendre et à réapprivoiser l'école.

Quant à Zoé, sa gymnastique intellectuelle et émotive est déjà en branle depuis quelques semaines. L'âge oblige: «J'ai besoin de plus de temps que les autres pour me mettre en train.» Ses papillons ont repris du service.

Ses sommeils sont plus agités et ses nuits plus courtes. Les cauchemars du presque automne ont remplacé les rêves d'été: des images bouleversantes, toujours les mêmes, d'élèves qui chahutent, d'une classe à la débandade, d'un vieillard qui s'agite, impuissant...

Vieillir le préoccupe davantage qu'il ne le laisse paraître. Depuis quelque temps, son accommodement est ébranlé. Une inquiétude qui n'est pas reliée au physique. Certes, il se rend bien compte que sa main gauche tremblote et hésite un peu et que les rides de son cou sont de plus en plus prononcées. «Des handicaps mineurs, faciles à masquer: c'est ma main droite qui écrit au tableau; la gauche est enfouie dans la poche de mon pantalon, à l'abri des regards; les rides disparaissent derrière la barbe que je porte plus longue qu'auparavant ou sous le col roulé que j'ai adopté récemment.»

Sa hantise de vieillir est ailleurs.

D'une année à l'autre, il a peur que ses mots prennent un coup de vieux, qu'ils ne soient plus à jour, qu'ils cessent d'intéresser ses élèves, de les faire rire, de les émouvoir et de les soulever.

Il y a aussi sa mémoire qui flanche plus souvent.

Demain, comme chaque premier jour de l'année scolaire, il demandera à ses élèves de se présenter un à un devant la classe. C'est un exercice qui lui plaît. Il lui donne l'occasion de les mieux connaître. Il lui permet aussi, en reprenant à son tour leur nom, de les mêler et de les confondre volontairement, en leur laissant entendre que si sa mémoire, dans les jours, les semaines, les mois à venir, connaît des ratés, ce sera voulu, planifié et fait partie de sa stratégie pédagogique.

Au fond, il sait bien que c'est de la frime, que ce n'est qu'un filet protecteur!

Ses trous de mémoire l'obsèdent!

Lorsque ses élèves le prennent en flagrant délit d'écarts involontaires (comme nommer, sept mois après le début de l'année, Stéphanie... Claudine, ou Dubois qui est en réalité... Sanschagrin), il essaie de se dépêtrer en se moquant devant toute la classe de ses amnésies chroniques, faisant de façon ostentatoire, exemples à l'appui, étalage de ses fréquentes distractions et de ses nombreux oublis du passé.

C'est à l'occasion de l'une de ces justifications, qu'il croyait à la fois hilarante et convaincante, que, l'an dernier, un de ses élèves l'avait interrompu:

— Monsieur, c'est la troisième fois que vous la racontez... l'histoire de Robert chez Steinberg!

9

11 juillet 1941.

C'est ce jour-là que Télesphore est mort.

Un accident de voiture.

Il venait à peine de quitter le trottoir pour s'engager dans la rue Notre-Dame quand il a été happé par une voiture qui roulait très vite.

Il était 11 h 50. C'était une belle journée ensoleillée. Il n'y avait aucune raison pour qu'il ne la voie pas venir. D'habitude, Télesphore était prudent: il prenait même soin de bien regarder à droite, puis à gauche. Ce jour-là, d'après un témoin, il ne l'avait pas fait. Il se rendait, comme à son habitude et comme l'exigeait sa fonction de bedeau, sonner l'angélus. On aurait dit qu'il n'avait pas entendu l'avertissement crié par une dame qui marchait sur le trottoir.

Des neuf enfants de Télesphore et d'Imalda, c'est Ferdinand qu'on avait prévenu. Normal, puisqu'il était l'aîné. Tout le monde savait aussi qu'il était le préféré de Télesphore.

— Il est arrivé quelque chose à ton père. C'est grave. Il faudrait que tu te rendes chez le docteur Rivest à Repentigny, lui avait annoncé son contremaître.

Il avait rangé ses outils, salué ses copains de travail puis il avait quitté le chantier sans demander d'autres détails.

Ce n'était pas un «poseux de questions». Il savait que c'était grave et qu'on avait besoin de lui. Ça lui suffisait.

Il était passé rapidement à la maison pour changer de vêtements, avait appelé son ami Adrien qui possédait une voiture et tous deux s'étaient rendus au chevet de Télesphore. Sur la table de la cuisine, il avait laissé une note à Lucienne:

«Je suis parti à Repentigny. De retour ce soir. Je t'embrasse.

Ferdinand.»

Un message court, succinct. Il n'était pas à l'aise avec les explications ni avec les mots.

Quand ils arrivèrent chez le docteur, Télesphore était à demi conscient. Il divaguait. Des phrases incompréhensibles, des mots incohérents, à peine audibles.

«Cime... tière... herbes... angélus... puces... Zoé.»

«Zoé», c'est le mot qui revenait le plus souvent ou qu'on distinguait le mieux.

Il était mort dans les bras de Ferdinand, à la fin de l'après-midi, un dernier Zoé sur les lèvres...

Le corps avait été exposé pendant trois jours à la maison paternelle. Pour les circonstances, on avait transformé le salon en chapelle ardente. Zoé y entrait souvent, mais ses visites étaient de courte durée. Il n'osait pas s'approcher de la tombe. Ce n'est pas que la mort de Télesphore le perturbait outre-mesure. C'était tout simplement que compte tenu de son âge (il venait à peine d'avoir quatre ans), il n'était pas très familier ni très à l'aise avec les morts et leur entourage lugubre. Il ne comprenait pas non plus pourquoi les gens étaient si sérieux et si tristes.

Ses interrogations sans réponses s'étaient ensuite transformées en malaise et en cœur serré quand on avait amené Télesphore à «son cimetière» et qu'on l'avait descendu lentement dans un grand trou.

Il avait déjà vu pleurer des gens, sa mère ou sa sœur, Denise.

Lui-même pleurait souvent.

De toute sa vie, c'était la première fois qu'il voyait pleurer son père.

Il ne reconnaissait plus le visage de Ferdinand. Il avait l'impression que ses yeux avaient disparu, noyés dans les pleurs et que les larmes allaient effacer pour toujours son grand sourire qu'il aimait tant.

Zoé avait mis sa main dans celle de Ferdinand et il avait tiré son bras à plusieurs reprises comme s'il voulait secouer la peine de son père et la faire disparaître.

Ferdinand s'était penché vers lui. Zoé s'était levé sur la pointe des pieds et, du bout des lèvres, il avait chuchoté doucement: «Beau Télesphore!»

Ferdinand s'était retourné vers Télesphore qui disparaissait dans la terre. Du revers de la main il s'était essuyé les yeux. Doucement, un grand sourire s'était glissé sur son visage ruisselant.

Zoé était content. Il avait serré davantage la main de son père, puis il s'était mis à pleurer lui aussi.

Pour la première fois de sa vie, Zoé pleurait... simplement parce qu'il était heureux.

10

Il aimait bien Ferdinand. Il était aussi à l'aise avec lui que Ferdinand l'était avec Télesphore.

Ferdinand était le préféré de Télesphore, Zoé, celui de Ferdinand. Un penchant naturel de père en fils. D'une génération à l'autre, un suivi, une tradition comme si, pour l'un et pour l'autre, cette inclination faisait partie du droit d'aînesse.

Dans sa jeune enfance, ce qui l'attirait chez son père, c'était son sourire. Celui du cimetière lui était d'ailleurs resté gravé au cœur. Il avait un sourire à la fois réservé et chaleureux, irrésistible. Ferdinand ne riait pas, il souriait. Pour dire bonjour, pour remercier, pour demander un service, pour en offrir un, quand il était heureux, quand il voulait faire plaisir, quand... il regardait Lucienne. C'est à elle d'ailleurs qu'il réservait les sourires les plus doux et les plus tendres. .

Adolescent, Zoé considérait que la plus grande qualité de son père, c'était le temps qu'il lui consacrait et l'attention qu'il lui témoignait.

Ferdinand adorait le sport non pas pour sa pratique, mais pour le spectacle. Un sportif d'estrade, comme on dit aujourd'hui. L'été, il se rendait souvent au stade Delorimier pour assister aux joutes de baseball des Royaux; l'hiver, au Forum, pour voir jouer les Canadiens, surtout Maurice Richard. Comme tous les Canadiens français, il vouait une grande admiration à celui qu'on appelait familièrement Maurice, «le Rocket», Richard.

Sans l'avouer vraiment, Ferdinand rêvait que Zoé fasse une carrière dans le sport. C'est un peu pour cette raison qu'il l'amenait fréquemment aux parties de baseball ou de hockey. Il voulait lui transmettre le goût, lui donner la piqûre. Zoé ne l'avait jamais attrapée.

Souvent, pendant les joutes ou les entractes, le père et le fils se parlaient. De tout, de rien, de l'école, de menuiserie, des deux jeunes sœurs de Zoé, de Lucienne, de Télesphore. Mais jamais de sport (Ferdinand avait vite compris!). C'était, disaient-ils tous deux, «leurs conversations d'hommes». C'est à l'occasion de l'une d'elles que Zoé avait confié à Ferdinand son intention d'écrire un jour un roman.

Ferdinand avait souri. Son sourire «porte de sortie» qu'il utilisait parfois quand il était mal à l'aise, qu'il ne savait pas quoi dire ou qu'il voulait éviter de formuler des propos déplaisants qu'il regretterait par la suite. Ferdinand n'avait jamais lu de romans et comptait bien ne jamais en lire. Les histoires inventées faisaient partie de ce qu'il appelait le «brassage de marde»! Il ne comprenait pas que Lucienne, qu'il considérait comme une femme intelligente et pratique, puisse consacrer autant d'heures à en lire.

L'attirance pour le sport ne s'était jamais produite. Zoé préférait étudier, lire et écrire à nager, patiner, lancer ou attraper une balle. Ferdinand n'avait pas insisté.

Zoé appréciait cette attitude: son père ne s'obstinait pas. Il ne réprimandait pas, ne moralisait pas; il expliquait, faisait comprendre. Ferdinand n'était pas... il était! Doux, calme, posé, compréhensif.

Aux yeux de Zoé, son père était unique parce qu'il agissait autrement que les autres pères.

Par exemple, il voulait que ses enfants l'appellent par son prénom. Il était alors impossible de vouvoyer quelqu'un qu'on interpelle par son prénom. Ainsi, ses enfants le tutoyaient et l'appelaient Ferdinand.

Il acceptait aussi de ne pas toujours avoir raison, de se tromper et d'avouer ses erreurs. Il ne craignait pas non plus de s'excuser. Il considérait que c'était un bon moyen de faire oublier ses mauvais pas et de réparer les blessures faites aux autres. Il avait habitué ses enfants à en faire autant.

Il leur avait aussi inculqué de bonnes manières. À table particulièrement. Il fallait manger lentement, posément, éviter de parler la bouche pleine, de mettre ses doigts dans son assiette et demander la permission avant de se lever de table. Il leur avait appris que tous, avant de commencer le repas, devaient attendre que Lucienne, qui servait les plats, soit assise et ait pris sa première bouchée.

Les repas étaient très animés chez les Delcourt, longs, joyeux, surtout celui du dimanche soir, celui que Ferdinand appelait «le repas de famille des cinq Delcourt», celui où il fallait se présenter endimanché: en tout temps et en toutes saisons, robes, costumes et cravates étaient alors de rigueur.

Zoé s'était souvent demandé d'où lui venaient ses manières et ce savoir-vivre. À cette question, Ferdinand avait répondu qu'il avait tout appris de Lucienne. Il disait d'ailleurs que tout ce qu'il avait de bon, de beau, de raffiné et d'original en lui venait de Lucienne. Quand son homme la complimentait ainsi, elle rougissait et gloussait de plaisir. Ferdinand lui réservait alors ses sourires les plus tendres.

À ces instants privilégiés, comme par magie, le silence se faisait et les enfants émus regardaient leurs parents s'échanger des sourires d'amoureux.

Il n'existait pas de père comme Ferdinand. Zoé en était convaincu!

11

Télesphore est mort le 11 juillet 1941, Imalda est décédée le 17 août 1953. Une mauvaise toux qui s'est transformée rapidement en bronchite, puis en une pneumonie qui lui fut fatale. Imalda avait 80 ans.

Zoé était alors âgé de 16 ans.

La mort d'Imalda ne constituait pas un événement de poids dans sa vie. D'abord sa grand-mère n'avait jamais revêtu une grande importance pour lui. Petit, quand il venait à Repentigny, c'était Télesphore qui l'attirait. À Imalda il parlait peu. À peine «bonjour» en arrivant, à peine «bonsoir» en partant. Elle ne lui avait jamais manifesté beaucoup d'intérêt non plus. Femme froide, distante et peu avenante, elle n'était pas portée vers les enfants. Elle était plus à l'aise et plus habile à frotter, à laver, à épousseter et à préparer des repas qu'à serrer dans ses bras, cajoler ou consoler des peines d'enfants. Depuis la mort de Télesphore, il l'avait peu vue. Tout au plus une ou deux fois par année, parfois moins.

Rien ne laissait présager que la mort d'Imalda prendrait tout à coup de l'importance dans sa vie.

Il ne se rappelait pas avoir remis les pieds au cimetière depuis l'enterrement de Télesphore et du visage défait de Ferdinand. Cette fois, la mise en terre ne préoccupait pas Zoé. Ferdinand non plus ne l'inquiétait pas. Il attendait que la cérémonie se termine et regardait un peu partout. Il s'attardait à lire les épitaphes, amusé par les noms inscrits: Ildèche, Artémise, Onésime, Rose-Délima... Puis un nom connu, celui de son grand-père: Télesphore Delcourt 1873-1941. Et tout juste à côté, un monument de même dimension, de même couleur, de même type de gravure. Un monument absolument identique à celui de Télesphore.

«Zoé Delcourt, fils de... et frère jumeau de Télesphore Delcourt, mort accidentellement le 27 juillet 1901.»

Zoé Delcourt...

Zoé...

Mais c'était son prémom à lui... Zoé!

Tout avait basculé et tourné dans sa tête: des souvenirs, des événements, des attitudes, des gestes, des paroles qui surgissaient pêle-mêle.

L'insistance de Télesphore... pour qu'on le baptise du prénom de Zoé..., les «Zoé» répétés en chuchotements doux et tristes dans son oreille quand il s'installait sur ses genoux...

Et «son cimetière» — dont Ferdinand lui avait parlé dans leurs conversations du Forum — que Télesphore entretenait avec tant de soin et tant d'amour, comme s'il lui avait appartenu en propre ou faisait partie de sa maison. Ce cimetière, oasis paisible et sécuritaire où, dans les moments de bonheur, de tristesse et de tension, il se retranchait pour, sans doute, retrouver son frère bien-aimé.

«Le 27 juillet...»

... Mais Télesphore aussi était mort en juillet!

«Accidentellement...»

... et lui aussi accidentellement!

Ce soir-là, Ferdinand et son fils, Zoé, avaient longuement discuté jusqu'à tard dans la nuit. Ferdinand avait sorti le vieil album de famille. Des photos que Zoé n'avait jamais vues.

Télesphore jeune, rieur. Près de lui, son double, son frère identique, Zoé Delcourt. Comme le font quelquefois les jumeaux, ils s'habillaient de la même façon, avaient les mêmes habitudes, s'adonnaient aux mêmes activités, supportaient tous deux difficilement d'être longtemps séparés l'un de l'autre.

C'est une faucheuse qui avait emporté Zoé Delcourt.

Une mort atroce à laquelle Télesphore avait assisté, impuissant. Une mort dont il ne s'était pas remis, une blessure qui ne s'était pas cicatrisée. Il n'avait jamais plus été le même par la suite. Il était devenu taciturne, irritable, solitaire.

Il faisait rarement allusion à son frère jumeau et n'aimait guère qu'on lui en parle. «Parce que», avait-il répondu sèchement à Zoé.

Pourtant il ne voulait pas qu'on l'oublie. Voilà pourquoi il avait souhaité que le premier fils de Ferdinand perpétue ce prénom.

Le mois de juillet de chaque année était toujours le plus difficile à franchir. Télesphore était plus sombre, davantage triste et solitaire. Absent, distrait, incapable de se concentrer.

C'est un matin de juillet, un doux matin de temps clair que Télesphore a traversé la rue comme un automate, comme s'il était inconscient, hors du temps, comme s'il n'entendait pas ni ne voyait venir l'auto qui fonçait vers lui.

12

«J'ai marié la plus belle fille de l'Épiphanie», disait souvent Ferdinand. La beauté de Lucienne était incontestable. Grande, élancée, élégante, un visage radieux, des yeux pétillants, un sourire chaleureux et engageant.

«Elle aurait pu être mannequin», disait l'un. «Elle aurait pu être vedette de cinéma», ajoutait un autre.

«Elle est mon épouse», se contentait de dire Ferdinand avec son sourire de satisfaction et de fierté. Il était habitué à ce que les hommes tournent autour d'elle et la reluquent. Au temps de leurs fréquentations, les prétendants et les soupirants n'avaient pas manqué. C'était lui, Ferdinand, que la belle Lucienne avait choisi pour la vie. Cette profonde émotion, cet immense plaisir, que ce dévolu amoureux lui avait fait connaître alors, avait imprimé sur son cœur une marque indélébile.

Lucienne était à l'aise avec sa beauté et elle lui seyait bien: elle la promenait sans arrogance, sans suffisance, sans fausse humilité non plus, tout juste avec une conscience à peine palpable et perceptible qui lui donnait assurance et confiance. Elle savait son pouvoir auprès des hommes, mais n'en abusait pas. Elle réservait ses coquetteries pour Ferdinand.

Belle mais aussi intelligente, sensible, chaleureuse, pratique, cultivée.

Elle n'avait pas fait de longues études: une neuvième année «forte» suivie d'un cours à un institut commercial. La lecture, sa passion, s'était chargée du reste.

Quand elle avait rencontré Ferdinand, elle était secrétaire dans un bureau. Les premières années de mariage, elle avait continué de travailler. À la naissance de Zoé, elle avait laissé son poste pour rester à la maison. Elle n'a jamais repris son travail par la suite, ni celui-là ni d'autres. Cette décision était sans rapport avec la tendance de l'époque qui voulait que les femmes restent à la maison. Elle l'avait prise de concert avec Ferdinand. C'était un choix qui leur convenait. Lucienne se laissait très peu influencer par les us et coutumes, les «ce qui se faisait» ou les «ce qui ne se faisait pas» ou par les «qu'en-dira-t-on». Elle se fiait à son intuition, à son jugement et à celui de Ferdinand: seuls conseillers qu'elle écoutait et dont elle tenait compte.

Si, par la force des événements et des circonstances, ses occupations et ses habitudes de vie avaient changé au cours des ans, sa passion pour la lecture était restée intacte et s'était même affermie. Elle y consacrait beaucoup de temps. Les travaux ménagers n'étaient tout simplement pas une priorité. L'éducation, le soin, l'attention à apporter aux enfants et l'entretien de l'amour pour son homme ne passaient pas en second lieu. Loin de là. Sauf que Lucienne se réservait chaque jour un long temps pour lire.

Les romans surtout l'attiraient, français ou étrangers. Des auteurs de grand cru. Maupassant, Flaubert, Zola, Colette, Camus, Dostoïevski. Elle empruntait ses livres à la grande bibliothèque municipale située à deux pas de la maison ou à ses amies, Lauriette et Alice, deux dévoreuses, deux «liseuses» comme elle. Le trio se rencontrait d'ailleurs régulièrement pour discuter parfois des choses de la vie. Mais le plus souvent, elles parlaient de lectures, de personnages qu'elles avaient aimés ou détestés ou d'écritures qui les avaient émues ou laissées indifférentes.

C'étaient les seules amies qu'elle avait. Lucienne fréquentait peu ses voisines. Elle n'en sentait pas la nécessité. Peut-être aussi un peu par égoïsme. Comme si le contact occasionnel avec ses deux amies de lecture et la rencontre quotidienne avec ses personnages de roman suffisaient à combler son besoin des autres, à alimenter sa sensibilité et à élargir son esprit.

Zoé savait qu'il avait un père différent des autres. Il n'ignorait pas non plus qu'il avait une mère particulière.

Elle l'avait initié au plaisir des belles histoires douces et tendres qu'elle lui racontait le soir pour l'endormir. Elle lui avait donné le goût de lire en lui faisant connaître la comtesse de Ségur, Charles Dickens, Alexandre Dumas, Alphonse Daudet. Elle lui avait appris à pleurer, à ne pas avoir peur de ses émotions et de ses sentiments, à les apprivoiser, à les laisser s'exprimer autant en larmes qu'en rires, à s'émouvoir aux exploits du cœur et de l'âme comme ceux qui se nourrissaient de courage, de persévérance, de bonté et d'amour.

Lucienne était à l'aise avec le langage du cœur. Zoé lui confiait ses émotions: ses joies et ses peines d'amitié ou d'amour. Les conversations d'hommes avec son père, les discours du cœur avec sa mère. Un choix inconscient qui s'était fait tout naturellement.

Lucienne avait reconnu très tôt la grande sensibilité de son fils, elle savait qu'un jour il trouverait des mots pour l'exprimer.

Elle ne fut pas surprise quand il lui annonça qu'il se proposait d'écrire un roman.

«Un roman d'amour, pensait Zoé, qui ressemblerait peut-être à celui... de Ferdinand et de Lucienne!»

13

— Je m'appelle Francine Desmarais, et vous?

C'était la première fois qu'une fille le vouvoyait.
D'ailleurs, il ne se rappelait pas que quelqu'un l'eut déjà
vouvoyé. Comme à la maison, il avait toujours baigné
dans le tutoiement, il n'avait pas le «vous» facile, autant
à l'entendre qu'à le dire. Si peu familier qu'il n'était pas
sûr que c'était à lui qu'on s'adressait.

— Et vous? avait-elle répété en le regardant.

Sans élever le ton, sans faire preuve d'impatience.
Un «et vous?» à peine plus accentué que le premier, tout
juste plus intéressé, plus curieux, plus insistant comme
celui de quelqu'un qui a posé une question et qui attend
simplement une réponse qui tarde à venir.

— Zoé Delcourt.

Elle n'avait pas souri. Ni de «ah oui!» ni de «vous
dites»? Ni de «et votre prénom». Rien. Rien d'autres
qu'un regard et qu'une main tendue.

— Salut, Zoé Delcourt.

— Salut, Francine Desmarais.

Et soudainement tout s'était précipité.

Ils parlaient de tout, avec aisance, sans retenue.
De leurs études, de leurs loisirs, de leurs habitudes, de
leurs convictions, mêlant les «tu» et les «vous», les tons
graves et les fous rires, la tête en folie, le cœur en
chamade... à l'unisson.

Ils se voyaient pour la première fois. Pourtant, on
aurait dit qu'ils s'étaient toujours connus; on aurait dit de
vieilles connaissances qui se retrouvaient; on aurait dit
qu'ils s'étaient déjà rencontrés ailleurs, dans une autre vie
peut-être. Chacun lisait dans les pensées de l'autre, devi-
nant, pressentant les sentiments.

— Vous faites de la musique, n'est-ce pas?

«Comment avait-il deviné?» se demanda-t-elle, perplexe.

— Vous aimez écrire, n'est-ce pas?

«Comment pouvait-elle savoir?» se dit-il, surpris.

Et puis elle était partie rapidement. Son frère aîné
était venu la prendre en voiture.

Et Zoé était resté longuement au milieu de la place.

Il n'entendait plus la musique tonitruante qui hurlait,
ni ses amis qui l'invitaient à se joindre à la danse.

Il était là figé, les idées et les sentiments confus,
qui se bousculaient sans arrêt et sans contrôle dans sa
tête, souhaitant que chacun ne retrouve jamais sa place
et son rythme habituels, tellement ce nouveau désordre
et cette fièvre qui l'avaient envahi lui procuraient un bonheur jusque-là inconnu.

«Francine Desmarais», marmonnait-il sur le bout
des lèvres, en fixant la porte qu'elle avait empruntée pour
disparaître dans la nuit.

14

À sa première journée de classe, Zoé savait que
ça irait. Il était sûr alors d'avoir choisi le bon métier.

Il sentait que ça irait, mais il n'aurait pas pu expliquer exactement pourquoi. Un élan de cœur in-
définissable. Soixante minutes de cours, c'est bref mais
suffisant pour laisser une intuition naître, prendre racine
et se transformer en certitude.

Il s'était dit peu de choses à ce premier cours. Il

n'était rien arrivé à ce premier cours.

Pourtant, tout était arrivé. Une complicité, une chimie, un état de grâce. Zoé savait que ça irait.

Il savait qu'entre eux et lui ce ne serait pas qu'un feu de paille.

Il savait qu'entre eux et lui ce ne serait pas qu'un coup de foudre sans lendemain.

15

Le lendemain, un dimanche, à 17 h, il l'appelait. Par un heureux hasard, quelqu'un lui avait offert des billets pour un concert et il l'invitait à l'accompagner.

En réalité, Zoé cherchait un moyen pour revoir Francine Desmarais. Il avait sorti du lit trois amis avant de réussir finalement à obtenir son numéro de téléphone.

L'idée du concert lui était venue en feuilletant le journal du matin: «Salle Pollack, Université McGill, 2 heures p.m., concert Bach».

Il avait attendu une heure décente pour l'appeler. Il avait répété plusieurs fois son «Est-ce que je pourrais parler à Francine Desmarais, s'il vous plaît?». Il avait finalement opté pour la voix et le ton à la fois mi-intéressés, mi-désintéressés, mi-désinvoltes, mi-sérieux, mi-lui-même, mi-un autre. À 10 h, il ne tenait plus en place.

Elle était déjà réveillée depuis plusieurs heures. Elle attendait, ou plutôt elle espérait cet appel. Elle s'était précipitée pour répondre, puis s'était ravisée: il ne fallait quand même pas qu'il devine son empressement et son excitation. Elle avait donc laissé l'appareil sonner trois fois avec la peur et la hantise que chaque nouvelle sonnerie soit la dernière. Puis, elle avait décroché le récepteur et emprunté le ton rauque de quelqu'un que le téléphone sortait d'un profond sommeil.

C'était bien la voix espérée. Oubliant tout stratagème, laissant tomber les feintes, elle avait accepté sur-le-champ l'invitation, sans trop savoir de quoi il s'agissait. Elle avait seulement retenu que Zoé Delcourt serait chez elle à 13 h.

Dans son enthousiasme, il avait omis de lui demander où elle demeurait!

Un concert inoubliable! Était-ce la musique de Bach telle qu'annoncée qui jouait ou celle de Beethoven ou de Mozart? Ni l'un ni l'autre n'auraient su le dire tellement elle se diluait et se confondait dans leur tête aux chuchotements et aux confidences (ponctués parfois de petits fous rires) qu'ils se susurraient à l'oreille. Ils s'étaient retrouvés comme ils s'étaient laissés la veille: le cœur enflammé et la tête à l'envers.

Un après-midi qui s'est prolongé, qui s'est étiré longuement... Très longuement. Trois mois, peut-être plus...

La notion de temps qui bascule, la terre qui cesse de tourner, le monde d'exister. Un besoin irrésistible d'être ensemble, de se voir, de s'entendre, de se toucher, de se sentir. D'une caresse à une cajolerie, de paroles tendres à mots doux, de confidences à secrets, de cachotteries à mystères. Cœurs incendiés, corps en émoi.

Des idées échangées, des activités partagées. Consentements, concessions, oubli de soi pour faire plaisir ou pour le plaisir de voir l'autre heureux.

Zoé qui se met à aimer la musique, Francine, la littérature. L'un et l'autre qui découvrent ensemble le théâtre, la peinture, le cinéma.

Parfois, des nuages gris passagers, de temps à autre, des différends, des désaccords, des disputes. De simples chicanes d'amoureux inconsciemment provoquées pour l'euphorie des retrouvailles.

Zoé! Francine! De cœur à cœur, des amours qui battent au même rythme, accordées sur la même cadence.

Puis, crac! Plus rien. Une cassure, une brisure, une déchirure. Des événements qui se précipitent. Un ouragan qui passe et balaie tout sur son passage.

Quatre phrases brèves laissées sous sa porte. Quatre phrases énigmatiques, froides et déchirantes.

«Pardonne-moi, Zoé. Je pars ce soir pour Paris. N'essaie pas de me rejoindre. Je t'expliquerai un jour.

Francine.»

16

Zoé avait ouvert l'enveloppe, lu les courtes phrases et n'avait pas réagi, avait à peine sourcillé, comme si les mots ne trouvaient pas de résonnance en lui, comme si son cœur et sa tête n'y faisaient pas écho.

La deuxième lecture l'avait rendu perplexe. L'étonnement de quelqu'un qui reçoit une facture d'électricité ou de taxes et qui croit que ce n'est pas à lui qu'elle s'adresse. Voilà, c'était cela: la lettre ne le concernait pas, il y avait eu erreur sur la personne, on s'était trompé de destinataire! Ils s'étaient vus l'avant-veille et tout était comme d'habitude. Même que Francine n'avait jamais été aussi tendre et aussi douce avec lui. L'événement était clos. Elle l'appellerait bientôt et tout rentrerait dans l'ordre. Il avait relu la lettre une troisième et une quatrième fois, puis l'avait rangée dans son porte-documents.

En classe, ce fut une journée comme les autres. Il s'était enthousiasmé, s'était amusé avec les élèves, avait donné un cours intéressant. Peu de références de l'esprit à la lettre, peu de distractions. À peine quelques éclairs comme «je pars pour Paris ce soir», alors qu'il expliquait la règle des participes passés et «n'essaie pas de me rejoindre», pendant que les élèves s'adonnaient à un exercice de rédaction. Ce fut tout. En revenant à la maison, il s'était limité à demander à Lucienne si Francine avait appelé.

Ce n'est qu'au troisième jour qu'il avait commencé à comprendre.

Chaque fois que la sonnerie du téléphone résonnait dans la maison, il accourait. Il était sûr que c'était elle: Francine appelait pour éclaircir la situation et pour s'excuser. «Je t'expliquerai», avait-elle écrit. Vaine précipitation, faux espoirs.

Il s'inventait des raisons pour se rendre à la bibliothèque municipale (où ils se donnaient si souvent rendez-vous), pour traverser le parc La Fontaine, pour s'asseoir sur «leur banc» un peu à l'écart, à l'abri des regards indiscrets, pour siroter un café à leur restaurant habituel rue Papineau. Parfois, il était tenté d'interpeller un passant au visage familier pour lui demander s'il n'avait pas aperçu Francine Desmarais!

Un jour, au cours de l'une de ses randonnées, il avait croisé une copine de Francine.

— On ne voit plus Francine. Est-elle malade? Rien de grave, j'espère!

— Non, Non. Ça va!

Elle n'avait pas prolongé le discours. Lui, non plus.

Peu à peu, la peine se faisait de plus en plus présente, l'accompagnant, le précédant même, s'imposant partout où il allait.

Souvenirs, nostalgie, tristesse, cafards.

Les images de Francine se multipliaient: son visage souriant, ses appels téléphoniques à des heures indues le matin et le soir pour seulement lui dire: «Salut, Zoé! C'est moi!»; son rire, son odeur, les baisers qu'ils s'échangeaient à propos de tout et de rien, dans la rue, dans l'autobus, à la bibliothèque; les adieux qu'ils se faisaient chaque soir quand ils se quittaient, des adieux interminables comme s'ils n'allaient plus se revoir.

«Comme s'ils n'allaient plus se revoir.» Il avait lentement répété cette phrase.

C'est alors que Zoé avait éclaté, qu'il avait pleuré sans mesure comme autrefois pour ses peines d'enfant. Des larmes de profonde tristesse qui coulaient sur ses joues d'homme blessé.

Zoé était amoureux et son amour l'avait quitté.

Quand il s'était senti prêt à parler, quand cette peine avait pesé un tel poids qu'il fut incapable de la porter seul, c'est à Lucienne qu'il s'était adressé pour la lui confier.

Elle qui l'avait pressentie et l'avait devinée depuis longtemps comme une mère sensible qui a des antennes, qui vibre aux moindres soubresauts de bonheur ou de malheur de ses enfants. Son fils souffrait, elle souffrait avec lui.

Ils étaient seuls ce soir-là. Ils terminaient le repas auquel Zoé avait peu touché. Brusquement, il s'était retourné vers sa mère les larmes aux yeux.

Alors, Lucienne doucement avait mis la main sur celle de son fils et sans dire un mot, sans essayer de garder la tête froide et le cœur neutre, sans faire un effort pour empêcher la peine de Zoé de s'infiltrer en elle et de lui monter aux yeux, elle s'était mise à s'émouvoir à son tour. Longuement, en silence, fils et mère ont pleuré ensemble. L'un sa peine d'amour, l'autre la douleur de son enfant; tantôt se regardant, tantôt se penchant sur leur assiette à moitié pleine, tantôt se séchant les yeux, tantôt retrouvant leurs larmes qui n'en finissaient plus de couler.

Et voilà qu'après un long moment, comme par un besoin d'adoucir et d'apporter un remède à la douleur de son fils, s'est esquissé sur le visage mouillé de Lucienne un sourire qui, timide d'abord, s'est élargi ensuite, pour se glisser sur celui de Zoé.

On aurait dit que leur souffrance s'était apaisée, puis avait disparu momentanément. Et les mots qui jusquelà étaient restés accrochés à la gorge ont profité de cet instant d'accalmie pour surgir et débouler à toute vapeur.

Tous deux s'étaient mis à parler de Francine.

D'abord ensemble, comme duo accordé, s'échangeant les compliments à son propos faisant l'éloge de sa gentillesse, de sa douceur, de sa délicatesse, de sa culture. Discrètement, Lucienne s'était tue laissant toute la place à Zoé enflammé, qui élevait la voix racontant leur première rencontre, leur deuxième, leur troisième, soulignant leurs affinités, leurs goûts, leurs préférences. Zoé, intarissable, reprenait les mêmes discours, la même narration, les mêmes descriptions avec des mots, des arrangements, des enthousiasmes différents chaque fois.

Enfin, il s'était tu, le cœur apaisé.

— Merci, avait-il dit plus tard, merci, Lucienne.

Elle n'avait pourtant rien dit. À peine des «ah, oui», des «qu'est-ce qu'elle t'a répondu?» ou des «je me souviens que tu m'en avais parlé». Aucune morale, aucun conseil, ni de «tu devrais», «à ta place» ou de «dans mon temps». Pas de faux espoirs, pas de «elle reviendra» ou de «n'y pense pas, tout s'arrangera».

Elle s'était contentée d'être toutes oreilles, de laisser son fils brancher son cœur sur le sien pour qu'il puisse y déverser sa peine et y puiser la compréhension, la tendresse et le baume que sa douleur recherchait.

Il n'avait pas plus de réponses à ses interrogations qu'avant, il ne s'expliquait toujours pas pourquoi elle était partie et pourquoi elle ne donnait pas signe de vie. Cependant, il savait que, désormais, il n'était plus seul avec sa souffrance. Pour l'instant, cette certitude lui suffisait.

Cette nuit-là, Zoé avait bien dormi. Les nuits suivantes aussi.

Il y avait déjà trois mois que Francine était partie. Le même temps qu'elle était restée dans son cœur. Trois mois de présence, trois mois d'absence. Plaisir et peine d'amour s'étaient succédé. L'un et l'autre n'avaient pas eu le temps de prendre racine.

17

Son intuition ne l'avait pas trahi: déjà, trois mois partagés avec eux et la lune de miel ne s'était pas encore voilée.

Il était à l'aise avec eux, détendu, patient, sûr de lui. Leur spontanéité, leur franchise, leur langage direct lui plaisaient. Rien de ce qu'ils faisaient ne l'ennuyait, ne le fatiguait outre-mesure, ne l'exaspérait. Il passait beaucoup de temps avec eux, même après la classe, à aider ceux qui étaient en difficulté, à se mêler à leurs jeux dans la cour de récréation, à être simplement là pour le plaisir de les entendre se raconter.

C'était la première fois qu'ils avaient un professeur si jeune, à peine plus âgé qu'eux. Un prof à qui ils pouvaient parler librement et qui les écoutait, qui n'avait pas peur d'avoir le fou rire en classe, qui s'excusait quand il se trompait, un prof qui savait trouver les bons mots pour les féliciter, pour les encourager, pour les rappeler à l'ordre, pour leur faire aimer ce qu'ils avaient l'habitude de détester. Voilà pourquoi ils prenaient tellement plaisir à lui parler et à se livrer naturellement.

Le plus souvent des histoires d'école, des coups pendables. Parfois, des fanfaronnades, des vantardises d'adolescents, des histoires et des exploits, la plupart du temps inventés, pour se donner de l'importance. En d'autres occasions aussi, quand les groupes étaient plus restreints, certains se laissaient aller à des confidences: celui-ci qui parlait des fréquentes colères de son père, celui-là, de sa mère qui les avait abandonnés, lui et ses deux sœurs, de cet autre encore qui craignait que la nouvelle belle-mère le chasse de la maison parce qu'elle ne l'aimait pas. D'autres encore qui parlaient de fugues répétées, de journées sans manger, de suicides ratés.

Tant d'enfants qui portaient en eux de si gros problèmes d'adultes et qui continuaient de vivre, de rire, de s'amuser, d'essayer de s'intéresser à l'école.

Parfois, à écouter les histoires et les témoignages de ses élèves, Zoé rougissait et avait un peu honte de sa souffrance d'amour d'homme de 26 ans. Elle ne faisait pas le poids (il s'en rendait bien compte) avec les expériences perturbantes que vivaient plusieurs de ses élèves et qu'ils assumaient avec une maturité étonnante, eux qui avaient à peine 15 ans.

C'est ainsi qu'il ne se rappelait plus très bien si c'était à la suite de sa soirée avec Lucienne ou de l'influence des témoignages quotidiens de ses élèves (ou des deux à la fois) qu'il s'était mis à relativiser sa peine et à s'y accommoder de plus en plus, au point de l'oublier presque complètement.

18

C'était un dimanche après-midi des premiers jours

de décembre. Zoé était dans sa chambre en train de corriger des copies. Quand la sonnerie du téléphone avait retenti, il ne s'était pas précipité, comme il le faisait encore récemment. Sa jeune sœur, Nicole, avait répondu et l'avait averti que c'était pour lui.

— Je pense que c'est un de tes élèves, avait-elle dit.

— Zoé Delcourt?

— ...

— C'est Francine!

Il était resté interdit. Un long silence avait suivi...

— Zoé, c'est moi!

Quand il avait récupéré la parole, il n'avait trouvé rien d'autre à dire que:

— Comment ça va?

Elle aussi était à court de mots, même si elle s'était préparée depuis une journée. Lorsqu'elle avait entendu sa voix, plus rien ne s'était déroulé comme prévu. Quant à Zoé, c'était d'abord la surprise qui l'avait figé. Puis, le désarroi.

La conversation avait duré à peine une minute.

Il se souvenait qu'avant de raccrocher, elle avait tout simplement dit:

— Je suis revenue.

Il était retourné à sa chambre, embarrassé, dérouté. Il était perplexe et essayait de garder la tête froide, mais une grande joie s'était glissée en lui.

Une joie qu'il essayait de faire taire. Une joie que son esprit reniait et condamnait, mais une joie irrépressible qui l'envahissait de toutes parts. «Francine était revenue!»

Puis, il avait retrouvé ses esprits, repris le contrôle de ses sentiments. Il ne l'avait pas rappelée. Ni ce jour-là ni les jours suivants.

Pourtant, il ne pouvait s'empêcher de penser à elle. Aussi fréquemment qu'au moment où son cœur avait encaissé son départ. Les mêmes éclairs qui surgissaient, cette fois encore, sans avertissement, à tous moments, en tous lieux.

Les mêmes éclairs mais des mots différents pour les ponctuer. «C'est Francine... je suis revenue!» Des images instantanées qu'il ne chassait pas de son esprit, qu'il essayait au contraire de prolonger, de ralentir, de stopper comme pour prendre le temps de s'en pénétrer. En classe, il était souvent distrait, l'esprit ailleurs. «Je suis revenue...»

— Monsieur, vous êtes dans la lune! avait dit un élève.

Un soir, il s'était surpris à écrire le nom de Francine. Puis, il avait tracé lentement, en soignant son écriture, formant avec attention chaque lettre: «Zoé, c'est Francine...»

Un autre soir, il avait tenté de se remémorer le ton qu'elle avait utilisé. Ce n'était ni ferme, ni larmoyant, ni suppliant, ni doux. Il n'arrivait pas à se rappeler exactement, précisément. Il aurait aimé le réentendre pour vérifier la nuance, s'assurer de la tonalité et s'en délecter. Il avait tout à coup une folle envie d'entendre sa voix.

Il n'avait pas osé l'appeler. Et il s'était alors juré de cesser de penser à elle.

Une fin d'après-midi, alors que Zoé sortait de l'école les bras chargés de cahiers, Francine l'attendait sur le trottoir.

Elle était là devant lui. Plus de trois mois qu'il ne

l'avait vue. Elle portait son beau tailleur noir qu'il aimait tant. Même air assuré, mêmes yeux pétillants, même parfum que la première fois... que la dernière fois! À croire qu'elle n'était jamais partie, qu'elle était là tous les soirs à la porte de l'école, mais que Zoé ne la voyait pas.

— Salut, Zoé Delcourt!

— Salut, Francine Desmarais, hésita-t-il à répondre en rougissant.

Il aurait dû lâcher ses cahiers, lui ouvrir les bras, l'embrasser dix fois, vingt fois, cent fois, pleurer comme il en avait envie. Lui demander pourquoi elle lui avait fait tant de mal? Lui dire comment il était heureux qu'elle soit revenue.

Il s'était contenté de rester là éberlué ne trouvant rien d'autre à dire que de répéter sa banalité du téléphone:

— Comment ça va?

— Bien. Et toi?

Ils avaient marché côte à côte en direction de la maison qui était à deux coins de rue de l'école.

— Ça va bien, avait-il répondu.

— Et ton travail?

Alors, mû par il ne savait quel motif, il était devenu volubile, l'entretenant d'Yvon qui avait des difficultés en orthographe, d'André qui était absent de l'école aujourd'hui, de la littérature qui n'était pas facile à enseigner, de Denis qu'il aimait bien, des cours du lendemain qu'il devait préparer...

Arrivés chez lui, brusquement, il lui avait dit:

— Excuse-moi, Francine. Je suis pressé. J'ai à peine

cinq minutes pour me préparer et rejoindre mes élèves à une partie de balle-molle.

Sans même se retourner, il l'avait laissé là, seule, pantoise, éberluée par ce discours et ce départ. Ce n'est qu'après avoir déposé ses cahiers sur son bureau qu'il s'était réveillé, qu'il était enfin sorti des limbes.

«Qu'est-ce que j'ai fait? Qu'est-ce que c'est que cette histoire de balle-molle que j'ai inventée?»

— Francine, avait-il laissé échapper à haute voix.

— C'est toi, Zoé? l'avait interpellé Lucienne du fond de la cuisine.

* * *

— Je ne sais pas exactement pourquoi je suis partie. Un coup de tête!

Ils étaient attablés à leur ancien restaurant, rue Papineau. Cinq jours après l'histoire de la balle-molle. C'est Francine qui l'avait rappelé. Elle voulait absolument lui parler.

— Deux ou trois semaines avant mon départ, j'avais la tête brumeuse. Des remises en question de tout ce que j'étais et de tout ce que je faisais. Mille interrogations sans réponse.

Ses études de violon qui n'en finissaient plus et qui n'aboutiraient probablement jamais; ses parents qui l'embêtaient et qui la harcelaient, son père surtout qui voulait qu'elle devienne médecin comme lui. Et il y avait aussi son amour pour Zoé qu'elle trouvait trop envahissant et qui tout à coup lui avait fait peur.

— J'avais l'impression que je ne vivais plus par

moi-même, pour moi-même, mais en fonction de toi, que ma propre personne n'avait plus d'importance, que c'était la tienne qui prenait toute la place. J'avais 21 ans et je n'existais déjà plus. Alors, j'ai paniqué!

Au plus fort de ses doutes et de ses remises en question, elle avait rencontré André Montigny, un copain parisien connu au cours d'un stage de violon en France. Un ami qui avait été aussi sa première amourette, de celle qui dure le temps d'un été. Il lui avait proposé de le suivre et de se joindre au quatuor musical qu'il avait formé et qui donnait des concerts à Paris et en province.

— J'ai accepté. J'ai ramassé toutes mes économies et quatre jours plus tard, je prenais l'avion avec lui.

Un coup de folie, un besoin irrésistible de liberté. Une vive déception aussi. Un désenchantement amer, une désillusion profonde.

Le quatuor, c'était André et elle! Les spectacles à Paris et en province: du vent, des inventions! André Montigny n'avait pas changé: un charmeur, les deux pieds dans les nuages, qui prenait ses rêves pour des réalités, qui appelait des contrats déjà signés des projets à peine esquissés.

— Un mois après mon arrivée, nous avions cessé de nous voir. Sans le sou, je me suis trouvé une petite chambre, j'ai réussi à me dénicher un travail comme ac-compagnatrice et quand j'ai eu suffisamment d'argent, j'ai pris le premier vol pour Montréal.

Elle fit une longue pause. Et au moment où Zoé allait rompre le silence, elle ajouta doucement:

— Je t'aime, Zoé.

Cette nuit-là (ou ce qui en restait), Zoé avait peu dormi. Il repensait à la conversation du restaurant. Des images et des mots épars lui revenaient et tourbillonnaient dans sa tête. Comment avait-il pu résister au besoin sans cesse présent de la toucher, de lui prendre les mains, de lui caresser les joues et les lèvres? Et cet André Montigny? «Ma première amourette», avait-elle dit. C'est pourtant avec lui qu'elle était partie... Pourquoi ne lui en avait-elle pas parlé auparavant?... Et lui, Zoé, lui avait-il fait confidence de toutes ses premières rencontres?... «Je t'aime, Zoé.» C'était la première fois qu'elle prononçait ces mots. Même au temps de leurs trois mois euphoriques et de leurs mille mots doux, elle ne l'avait jamais fait.

Son amour était revenu et lui avait déclaré... son amour! Et pourtant... Bonheur échaudé, souffrance qui ne s'était pas cicatrisée, doute ombrageux, confiance engourdie, naïveté endurcie, enthousiasme réprimé.

Il ne l'avait pas rappelé.

Et puis s'est déclarée cette bronchite qu'il n'a pas prise au sérieux, qu'il n'a pas soignée et qui a rapidement dégénéré en pneumonie. Le même genre de maladie qui avait emporté la grand-mère Imalda.

Presque trois semaines alité. Mangeant peu, s'épuisant à lutter contre de fortes poussées de fièvre, passant de rêves, à sommeils, à cauchemars...

... André Montigny dans les bras de Francine... «Pardonne-moi, Zoé»... des rires diaboliques qui n'en finissaient plus... «moi, je me nomme Francine Desmarais, et vous?»... «je t'aime,... André!»

Il se réveillait en sursaut, appelait Lucienne et lui demandait, le visage en sueur, l'œil hagard:

— Francine a-t-elle appelé?

— Quatre fois, aujourd'hui, Zoé. Et elle a encore insisté pour venir te voir.

— Je ne veux pas... je ne peux pas, balbutiait-il.

Et il retournait à ses cauchemars.

Trois semaines d'enfer.

La fièvre a baissé et, peu à peu, a disparu complètement. Sa faim est revenue. Ses forces et son énergie aussi.

Un matin, il est retourné à l'école.

Et c'est le soir de ce matin-là qu'il a décidé de mettre son plan à exécution.

— Est-ce ici, mademoiselle, qu'habite Francine Desmarais?

— Oui, monsieur.

— Est-ce que je pourrais voir et parler à Francine Desmarais, mademoiselle.

— C'est moi, monsieur.

— Je suis Zoé Delcourt.

— Enchantée, monsieur.

— J'ai deux billets pour un concert de Bach. Voudriez-vous m'accompagner, mademoiselle?

19

— Francine Desmarais, voulez-vous prendre Zoé Delcourt, ici présent, comme légitime époux selon les rites de notre Mère, la Sainte Église?

— Oui, je le veux.

— Et vous, Zoé Delcourt, acceptez-vous de prendre Francine Desmarais, ici présente, comme légitime épouse selon les rites de notre Mère, la Sainte Église?

— Oui, je le veux.

— Francine Desmarais et Zoé Delcourt, je vous déclare mari et femme, unis pour la vie, aux jours de bonheur comme aux jours difficiles.

La cérémonie de mariage s'était déroulée à l'église de La Purification de Repentigny, le samedi 11 juillet 1964, six mois exactement après leur soirée de retrouvailles.

* * *

— Qu'en penses-tu, Francine Desmarais, si on se mariait à l'été?

La question était venue spontanément, surgissant au milieu d'une conversation échevelée, ce mardi de mars, ce soir de tempête de neige, au moment précis où Francine en troisième voie sur le boulevard Métropolitain essayait tant bien que mal de ranger la voiture sur la voie du centre pour laisser filer un camion.

— Zoé, es-tu malade! Des plans pour que nous ayons un accident!

— Le mariage te fait si peur, Francine Desmarais!

— Zoé Delcourt!

Ses mains avaient peine à tenir le volant, son pied, à ne pas confondre la pédale de l'accélérateur avec celle du frein, une grande chaleur l'avait envahie, ses yeux s'étaient embués.

Zoé la regardait et s'était tu comme subitement

devenu muet, autant ébahi par l'effet qu'il avait produit qu'ému par la demande qu'il venait de faire.

Et voilà que d'un commun accord, comme si le mariage et son philtre avaient déjà fait leur effet, à l'unisson, en chœur ils se sont mis à chanter, à crier et à rire à gorges déployées.

— Zoé! Zoé! Zoé!

— Francine! Francine! Francine!

— Je t'aime, Zoé!

— Je t'aime, Francine!

— Je m'appelle Francine Delcourt!

— Je me nomme Zoé Desmarais!

Autour d'eux, c'était l'enfer!

On klaxonnait, on ralentissait, on freinait, on contournait; on tempêtait, on vociférait contre ces deux jeunes écervelés qui, par soir de tempête, n'avaient rien d'autre à faire que rire, chanter et crier comme des fous, et dont l'auto, toutes fenêtres ouvertes et radio allumée à plein volume, avançait à peine quand elle ne zigzaguait pas à gauche et à droite ou qu'elle ne freinait pas inopinément.

— Allez, vous faire foutre!

— Maudite boisson! Maudite jeunesse folle!

— Je t'aime, Francine! Je t'aime Zoé!

* * *

Zoé avait convaincu Francine de faire bénir leur mariage à la vieille église de La Purification de Repentigny. Elle n'avait pas été difficile à persuader: elle y avait récemment donné un concert et était devenue amoureuse des lieux.

Et même si on dérogeait aux coutumes qui voulaient que la cérémonie du mariage ait lieu à l'église de la famille de la mariée, les parents de Francine avaient accepté de bonne grâce de satisfaire les désirs de «leurs tourtereaux» comme ils les appelaient.

Zoé savait aussi que sa proposition plairait à Ferdinand. Et quel plaisir ce serait pour Télesphore de savoir que son petit-fils préféré, son filleul, se mariait dans «son église»!

En sortant du presbytère le jour où ils étaient venus rencontrer le curé, Zoé avait amené Francine au cimetière et tous deux s'étaient recueillis devant la tombe de Télesphore.

Zoé avait souvent rendu visite à Télesphore au cimetière. Il était d'abord venu pour accompagner Ferdinand. Puis, il y était retourné à plusieurs reprises par la suite et sans autre raison que l'attachement qu'il avait toujours gardé pour son parrain. Quant à Francine, c'était la première fois qu'elle y venait.

— Zoé, as-tu remarqué?

— Quoi? Que Télesphore avait un frère jumeau qui s'appelait Zoé? Il me semble t'en avoir déjà parlé, Francine.

— Non! C'est autre chose. Te souviens-tu de la date de sa mort?

— C'est le 8 ou le 9 juillet, je crois.

— Lis sur la pierre tombale.

— Ci-gît Télesphore Delcourt, décédé accidentellement, à Repentigny, le 11 juillet 1941. Le «11 juillet»! Mais c'est la date de notre mariage, Francine! Quel hasard!

Ils s'étaient regardés et avaient souri. Ils s'étaient

longuement embrassés comme ils en avaient l'habitude, comme des amoureux insatiables qu'ils étaient... Partout, en toutes circonstances, sans retenue...

— Encore un autre, Francine,... Cette fois, pour Télesphore!

— Une dernière fois, Zoé... Juste... pour la «coïncidence»!

Deuxième partie

1

Le 29 septembre 1994 (à ma table de travail).

Il est 20 h 15.

Il me semble qu'il y a longtemps que j'ai écrit dans mon cahier. «Mon cahier personnel»! Quel titre moche, fade, «drab» (comme diraient mes élèves)! Il faudrait bien qu'un jour j'en trouve un plus original, plus littéraire, davantage digne d'un prof de français!

On dirait que j'ai moins le goût d'écrire d'une année à l'autre, que j'ai de plus en plus de difficulté à me concentrer, à mettre mes idées en ordre: les mots me viennent de moins en moins facilement et ceux qui se présentent sont souvent banals, imprécis, sans rapport avec ce que je veux exprimer et me font même oublier ce que je voulais dire. L'écriture n'a jamais été facile pour moi, mais il fut un temps, qui a duré longtemps (tiens! c'est bien: temps... longtemps!), où j'écrivais tous les jours.

Mon dernier texte remonte à un mois. Je m'en souviens: c'était la veille de la rentrée scolaire.

J'appréhendais mon retour à l'école.

Une crainte plus présente, plus insistante, plus accaparante qu'à l'habitude.

Il faut dire que la dernière année ne s'était pas terminée comme je l'aurais souhaité. J'avais l'impression que les élèves étaient plus énervés que les années précédentes, qu'ils étaient moins attentifs et moins intéressés à ce que je disais et à ce que je faisais, que j'étais souvent obligé d'interrompre mon cours pour rappeler un tel ou une telle à l'ordre.

J'étais moins patient, je rabrouais facilement. Comme dirait Ferdinand, je montais «sur mes grands chevaux» pour des riens! Je m'en veux d'avoir apostrophé Pierre Rancourt qui m'avait simplement signalé mes deux fautes d'orthographe au tableau. En temps normal, j'aurais simplement souri en rougissant un peu, ou j'aurais dit à toute la classe que c'était des erreurs volontaires ou des fautes «de frappe» comme j'avais l'habitude de le faire, chaque fois que quelqu'un me prenait en flagrant délit! Ils auraient ri, j'aurais ajouté les «s» qui manquaient et le cours se serait poursuivi normalement. Mais voilà que je me suis mis à engueuler Rancourt et à lui dire, rouge de colère, qu'il était mal placé pour me faire la leçon à propos de mon orthographe, lui qui faisait, en moyenne, trente à quarante fautes dans chacun de ses écrits. Les autres sont restés sidérés et j'ai cru un instant que le grand Pierre allait pleurer. Certes, je me suis excusé. Mais j'ai senti que mes remarques désobligeantes ne s'effaceraient pas facilement, ni le mal que j'avais fait. Je me souviens qu'à la fin du cours, en passant devant moi, Jasmine m'avait dit: «Qu'est-ce qui ne va pas, monsieur? Vous n'êtes plus le même depuis quelque temps.»

J'ai aussi souvenance des paroles de Jean-Philippe une semaine après cet événement («Pourquoi vous ne faites plus de jokes en classe?») et celles que m'avait dites Karine dans l'autobus: «Vous nous avez même pas souhaité bonnes vacances à la fin du dernier cours de l'année!»

La fatigue, l'âge, mon tempérament qui devient moins accommodant.

Peut-être? Je ne sais plus.

Et puis je dois l'avouer: que Simon ait pris sa retraite m'ébranle! Nous avons le même âge, nous avons commencé notre carrière de professeur ensemble. Tous les deux nous avons décidé d'enseigner au secondaire, lui, en mathématiques, moi, en français. Sacré Simon! Il était si fier de me faire voir la carte d'adieu que lui avaient laissée ses élèves: «Au meilleur explicateur de problèmes difficiles»..., «vous êtes "super", monsieur»..., «au seul professeur qui a réussi à me faire aimer les mathématiques»..., «merci, monsieur Simon: c'est grâce à vous si je ne suis pas devenu un décrocheur»..., «je m'ennuie déjà de vous»..., «que ma sœur va être déçue, elle qui avait tellement hâte d'être dans votre classe!»... Deux grandes pages tapissées de mots doux (et ponctués de petits «x» au bas de chaque signature), que Simon montrait à tout le monde; des tendresses, qu'il avait lues et relues et qu'il relirait sûrement cent fois.

«C'est difficile de laisser un travail et des élèves que j'adore. Mais je ne regrette pas ma décision. N'attends pas trop, Zoé! Pourquoi ne quittes-tu pas, toi aussi, pendant que tu es encore en forme et en santé? Ce ne sont pas les occupations qui te manqueront! Ce roman, par exemple, dont tu me parles si souvent, que tu as toujours voulu écrire et que tu ne t'es jamais même décidé à mettre en branle faute de temps. À la retraite, le temps, tu l'auras!»

En réalité, ce n'est pas la retraite de Simon qui me perturbe autant, ni mon attitude de fin d'année. Ce

qui m'inquiète plus que tout... c'est ma mémoire qui
flanche de plus en plus souvent: j'oublie tout! Des noms
d'élèves, un parapluie, mon agenda, mes crayons à la
maison, mes clés dans mon local. Ce sont des oublis bien
normaux qui m'ont toujours ennuyé mais... jamais
bouleversé!

«Ceux d'hier» en particulier sont épouvantables de
conséquences et d'inconséquences. Je n'ose même pas les
raconter. En tout cas, pas tout de suite. J'ai honte, j'ai
peur!

2

Des élèves fatigués, plus distraits qu'attentifs, plus
désabusés que motivés, l'affaire Pierre Rancourt, Jasmine,
Jean-Philippe, Karine, son ami Simon. Comme s'il n'avait
connu que ces événements et reçu que ces témoignages à
la fin de l'année!

Aurait-il déjà oublié tous ces anciens et toutes ces
anciennes de quatrième secondaire venus à son bureau
pour obtenir sa signature et une dédicace dans leur album
de finissants? Et cette lettre de dix pages, reçue le dernier
jour de l'année, écrite par Isabelle pour «vous remercier
pour tout,... un an en retard»? Comment peut-il avoir
oublié le contenu de cette lettre puisqu'il la trimbale
partout avec lui, qu'il l'a même lue à Francine et que s'il
ne l'a pas fait voir à son grand ami, Simon Latreille,
c'était simplement par délicatesse, par crainte d'atténuer
l'immense plaisir que lui avait procuré sa carte d'adieu.

Et ce souper du 6 juin au restaurant, organisé par

sa «gang de Punks»! Comment oublier 15 individus mul-
ticolores qui, dans un McDonald, bondé de clients éberlués, se lèvent d'un bloc, Big Mac à la main, pour chanter
en chœur: «C'est à votre tour, monsieur Zoé, de vous
laisser parler d'amour»?

Aurait-il aussi oublié l'ovation monstre que les
élèves ont réservé à Jonathan, Éric, Sébastien et Marie-
Odile à la suite de leur interprétation magistrale, en classe,
d'un extrait de *La Ceriseraie* de Tchekhov et du long silence qui a suivi, chacun attendant la critique de Zoé,
incapable d'articuler un mot tellement il était ému par ce
qu'il avait vu et entendu. Des élèves et un prof unis par
un silence unique, une connivence émotive exceptionnelle
que Zoé n'avait encore jamais rencontrée dans son métier
de prof.

Décidément, Zoé a vu juste: quelle mauvaise fin
d'année il a connue!

Et à bien y penser il a sûrement raison: sa mémoire commence à faire défaut et à connaître des ratés.
Peut-être a-t-elle besoin d'une bonne mise au point? Ou
peut-être suffirait-il qu'il la branche et qu'il la mette au
«on»... et qu'il synthonise le «bon poste»!

3

Le 30 septembre 1994 (à ma table de travail, à
l'école).

Il est 10 h 20.

J'ai relu ce que j'ai rédigé hier. «Hier»! Il y avait

belle lurette que j'avais écrit deux jours consécutifs.

J'ai peut-être exagéré à propos de ma fin d'année. Il y a quand même eu de bons moments. (Au fait, il faudrait bien que dans mes prochaines confidences à mon «cahier personnel» je reparle des Punks. Quelle expérience extraordinaire j'ai connue!) Je pourrais aussi l'insérer dans mon roman. Parfois, je me demande si les romanciers inventent tout ce qu'ils racontent ou s'ils ne se contentent pas souvent de transposer ce qu'ils ont vécu, en retouchant ici, en maquillant là, pour que le récit de leurs personnages paraisse plus réel, plus vraisemblable, plus accrocheur et plus excitant.

Les romanciers...! Quel rapport avec... Où en étais-je?... Quel sujet avais-je commencé à aborder?... Ah oui, j'y suis: je me remémorais les bons moments de la fin de l'année scolaire!

C'est un autre phénomène qui a commencé à se manifester fréquemment chez moi et qui m'embête et me laisse perplexe: depuis quelque temps, mon écriture est désorganisée, incohérente; on dirait qu'aussitôt que je fais appel à mes idées pour les transcrire sur le papier, elles s'énervent, s'affolent et jouent au coq-à-l'âne dans ma tête.

Je notais aussi que je me tracassais à propos de ma mémoire, qui se moque de moi, qui me joue souvent des tours qui m'effraient davantage qu'ils me font rire!

C'est évident que je ne peux oublier la lettre d'Isabelle, Tchekhov et le souper des Punks. Il y a des limites tout de même! De toute façon, ces moments heureux n'ont aucun lien avec la mémoire. Ce sont des affaires de cœur et le cœur, lui, n'oublie rien.

Ce sont les oublis de ma tête qui me tracassent.

À commencer par mon roman que je mentionnais plus haut et auquel Simon faisait allusion. «Tu ne l'as même pas commencé, Zoé!» Qu'est-ce qu'il en sait, Simon? Toute la première partie est terminée le mois dernier. Mais, quand j'ai voulu attaquer la deuxième, j'en étais incapable. Avant d'en aborder la rédaction, j'avais fait un plan détaillé de chacune des trois parties, mais je l'ai tellement bien rangé que je ne le retrouve plus... À moins que quelqu'un me l'ait volé! Il faut dire que, ces derniers temps, beaucoup de choses disparaissent: ma chemise bleue, par exemple, que j'aime tant et ma série de crayons rouges à corriger. Mais même si je n'ai plus mon plan, je devrais être en mesure de me souvenir, au moins vaguement, de la suite que j'avais prévue et écrite. Niet! Blocage! Un grand trou vide et noir. On dirait que ma mémoire est devenue un gruyère. Je lis et relis la première partie, je n'arrive pas à enchaîner la suite. Mes deux personnages principaux sont restés en panne dans un cimetière en train de s'embrasser. Et je n'arrive pas à me souvenir comment je les sortais de là.

Et puis il y a pire. Hier, je ne voulais pas en parler, mais il faut que je le dise.

La semaine dernière, j'ai oublié de me présenter à une importante rencontre de parents convoquée par la Direction, rendez-vous de grande importance pour l'avenir d'un de mes élèves, marginal et rebelle. Avant de fixer le moment de la réunion, on m'avait consulté pour tenir compte de mon horaire de cours. Tout le monde m'attendait: les parents, le fils, l'orthopédagogue, le directeur. Je tenais beaucoup à participer à cette rencontre; Richard

aussi souhaitait ma présence: il savait que je ne le lais-
serais pas tomber. La réunion a eu lieu sans moi. Richard
a été renvoyé de l'école!

Et avant-hier, cinq minutes après avoir commencé
à donner un cours, j'ai constaté que je n'étais pas devant
mes élèves mais devant ceux d'un groupe de troisième
secondaire. En réalité, je ne sais même pas si je m'en
serais rendu compte, si la classe ne s'était pas tout à coup
esclaffée, incapable de retenir plus longtemps son fou rire!

* * *

— Monsieur Delcourt! Monsieur Delcourt! Enfin,
je vous trouve! Je vous cherchais partout!

— Comme tu le vois, je travaille à mon bureau
comme à l'habitude! Mais qu'est-ce qui se passe, Éric?
Tu as bien l'air énervé. Je ne t'ai jamais vu perdu ainsi!

— On vous attend en classe, monsieur! Votre cours
est commencé depuis dix minutes!

4

Zoé n'était quand même pas le premier professeur
de son école à oublier un rendez-vous, à se tromper de
salle de classe ou à se présenter en retard à un cours.
Ni le premier... ni le dernier.

L'inadvertance, la distraction, l'étourderie, l'esprit
préoccupé, la fatigue, la passion subite pour un travail,
le temps qu'on a mal calculé, la montre ou l'agenda qu'on

a omis de consulter. Qui n'en a pas été victime un jour ou l'autre dans sa vie? D'ailleurs, personne ne lui en a tenu rigueur, d'autant plus que sa probité et sa conscience professionnelle sont depuis longtemps reconnues par tous. En fait, il n'y avait que Zoé qui en faisait un plat. Pourtant, dans le passé, il n'avait jamais fait de ses oublis matière à drame ou à stress.

Bien au contraire. Il les avait toujours tournés en dérision. Il ne se passait pas une rencontre familiale (les soupers du dimanche soir de Ferdinand, par exemple) sans qu'on rappelle les oublis légendaires de Zoé à qui on demandait la plupart du temps de les raconter lui-même et qui s'y prêtait d'ailleurs de bonne grâce, qui en ajoutait et en inventait même, encouragé par les rires et les moqueries de son auditoire: son fils Robert, au milieu des céréales; les concerts ou les pièces de théâtre ratés parce qu'il s'y était présenté la veille ou deux semaines plus tard; ce 26 octobre où il s'était invité avec Francine à souper chez ses parents («rien de spécial, Ferdinand: on fera venir des mets chinois», avait-il ajouté) pour constater à son arrivée, en voyant ses deux sœurs, Denise et Nicole et le gâteau sur la table, que c'était l'anniversaire de Lucienne! Ineffable Zoé: oublier la fête de sa mère!

Lucienne! Son nom lui revenait souvent en mémoire ces derniers temps. C'était bien la preuve qu'il ne l'avait pas perdue, sa mémoire! Il pensait à sa mère presque chaque fois que son esprit lui causait du souci, presque chaque fois, comme il le disait avec tristesse, que «ma tête semble prendre congé de moi».

Des souvenirs agréables, tendres, reposants.

Souvenirs de paisibles soirées passées à écouter

Mozart, Chopin, Beethoven ou à se laisser bercer par la voix mélodieuse et harmonieuse de sa mère qui savait si bien dire et si bien faire comprendre et goûter Dickens, Daudet et Grimm à son esprit et à son cœur d'enfant encore incultes.

Souvenirs de longues promenades ces dimanches après-midi de printemps dans les sentiers du parc La Fontaine, souvenirs de fierté de jeune adolescent fringant qu'il était alors d'avoir à son bras cette dame, sa mère, dont la beauté, l'élégance et l'assurance faisaient tourner la tête de tous les passants.

Souvenirs de cette femme qui savait toujours trouver les mots et les silences, qui pouvait s'ajuster aux rires et aux larmes, qui avait su, ce soir-là, consoler son cœur écorché par sa première souffrance d'homme, par sa première peine d'amour.

Et quand ces images de bonheurs lointains avaient fini leur tour de piste et qu'elles avaient repris leur place dans le passé, Zoé, en même temps qu'il avait retrouvé la réalité, ne pouvait s'empêcher chaque fois de redire, mélancolique et impuissant: «Il me semble que mieux que quiconque Lucienne réussirait aujourd'hui à faire entendre raison à ma tête et à l'assagir.»

5

Le 26 octobre 1994 (à ma table de travail, à la maison).

Il est 20 h 05.

Chaque fois qu'apparaît cette date au calendrier ou que je la vois inscrite sur une copie d'élèves ou que je l'écris dans mon cahier, je ne peux m'empêcher de sourire. Comment ai-je pu oublier l'anniversaire de Lucienne cette fois-là? Ferdinand aurait pu m'avertir quand je me suis permis de l'appeler pour nous inviter à souper Francine et moi, surtout que je l'avais prévenu de ne rien préparer, qu'on ferait venir des mets chinois de Chez Wong, «repas no 3 pour 4», avais-je même suggéré. Tel que je le connais, il a dû deviner mon oubli et faire exprès pour se taire, jouissant déjà de mon air piteux, se préparant à rire et à se moquer de mon étourderie. Lui qui n'avait jamais pu résister à la taquinerie, il n'allait sûrement pas laisser passer cette occasion en or qu'on lui présentait sur un plateau d'argent et surtout se priver du plaisir de voir et d'entendre glousser et s'esclaffer Lucienne. Et tel que prévu, «sa belle Lucienne» (comme il l'appelait encore) avait gloussé et s'était esclaffée et tel qu'anticipé aussi, elle s'était levée de sa chaise et était allée s'asseoir sur son homme pour l'embrasser et mêler son rire au sien, pendant que nous, les «enfants», nous regardions nos parents s'aimer comme nous les avions si souvent observés au milieu d'un repas quand nous étions tout jeunes, encore aussi émus et aussi touchés que nous l'étions alors.

Et après un long moment de silence, ma sœur Denise s'était écriée:

— *C'est assez les jeunes! Vous continuerez vos mamours quand la visite sera partie! Si les mets chinois peuvent arriver, on va pouvoir se mettre à table!*

Et les rires et les quolibets avaient repris de plus belle s'amplifiant et se multipliant quand Ferdinand avait lancé de sa voix tonitruante:

— *Zoé, raconte-nous l'histoire du petit garçon oublié par son père!*

J'avais alors 27 ans et ces images et ces détails (et bien d'autres souvenirs de cette époque) sont encore clairs et précis dans ma tête.

Je me demande pourquoi je m'en fais autant avec mes oublis. «Quelqu'un qui oublie, ne peut pas se souvenir! C'est clair! Il n'est pas nécessaire d'avoir fait de longues études pour savoir cela», trancherait sûrement Ferdinand avec sa logique désarmante et son langage imagé habituel.

Je songe souvent à eux. Je me demande si penser si fréquemment à Lucienne et me laisser aller à souhaiter son aide ne m'occasionne pas plus d'agitation que de réconfort. Lucienne ne peut plus rien pour moi: elle n'est plus là!

Je devrais plutôt m'occuper davantage de Ferdinand. Pauvre Ferdinand! Depuis trois ans, depuis la mort de Lucienne, il est devenu casanier. On dirait que le seul sourire qui lui reste c'est celui de la mélancolie et que ses yeux, autrefois si rieurs, n'expriment plus que de la tristesse.

«Je m'ennuie de Lucienne, Zoé! qu'il me disait il n'y a pas si longtemps. C'est pas de la marde, mon gars: je pense que je n'ai plus le goût de vivre! C'est comme

si j'avais perdu ma pompe à gaz! C'est comme si je manquais d'oxygène! Lucienne a oublié de me laisser sa bonbonne! C'est ben normal qu'elle l'ait oubliée. Quand elle est morte, ça faisait déjà bien longtemps, mon Zoé (et tu le sais bien) qu'elle en perdait des grands bouts et qu'elle n'avait plus sa tête à elle!

6

Toute sa carrière de professeur, Simon Latreille avait travaillé avec des élèves difficiles. À son école, on lui confiait toujours les plus rebelles et on lui assignait les classes les plus compliquées. Il était à l'aise avec eux et eux avec lui.

Simon était un habitué de la marginalité.

«J'ai un CV de voyou», s'était-il toujours plu à répéter. Fils unique, sans mère à huit ans, il avait été «éduqué» par un père alcoolique. «Je n'ai pas été élevé, je me suis élevé tout seul.» Le jour, dans la rue, le soir, dans la ruelle et la nuit «là ou je trouvais une place». Quatre écoles primaires différentes, chaque fois renvoyé pour langage abusif ou insolence envers ses profs. Récupéré à 15 ans par un curé fortuné, intuitif, large d'esprit et généreux qui avait réussi à le convaincre d'entreprendre un cours classique.

Pour gagner ses études, il avait exercé tous les métiers: débardeur, vendeur de brosses Fuller et de produits Familex, serveur au Montreal Pool Room. «En pleine Main!» comme il aimait dire avec fierté.

De toutes ces expériences de vie et de travail, il avait acquis la débrouillardise, la facilité de s'adapter à tout et de se contenter de peu, la persévérance, l'entregent, la simplicité et, bien sûr, un langage direct et coloré. Devenu prof, ses caractéristiques lui collaient à la peau. Au grand dam de son ami, Zoé, le prof de français, que sa langue bâtarde surprenait toujours.

— Tu le sais, Zoé, que je suis capable de bien parler. Tu le sais aussi que je ne suis pas à l'aise avec une langue sophistiquée. (C'est un beau mot, hein? Tu dois être content!) Quand je cherche trop à utiliser des termes de prof de français, j'ai l'impression que mes élèves ne comprennent pas ce que je leur explique. Même moi, je ne suis pas sûr, à ce moment-là, de comprendre ce que je dis!

Et immanquablement leurs éternels échanges à propos de la langue finissaient toujours par une boutade de Simon:

— Finies les discussions. Comme dirait ton père: c'est assez «le pelletage de boucane»! Viens, Zoé. Je t'invite: on va aller prendre deux Mol ben fret su'a Main.

Simon, un prof qui ne laisse rien passer, une main de fer. «Conte-moé pas de pipes, Smiley, l'as-tu fait ton devoir ou tu l'as pas fait?»..., «les gars, ils ont-y coupé l'eau pis le savon chez vous hier, ça sent le masculin pluriel heavy, à matin»,... «arrête de niaiser avec le puck, Nadon, pis dis-la ta réponse...», «vos maudites bottines de construction, vos casquettes toutes croches, pis vos grosses chiques de gommes balounes qui vous pètent dans face, vous les laisserez chez vous»,... «Aie, le troupeau, vous êtes pas des chevaux, pis c'est pas dans une étable que vous entrez. Vous allez tous sortir et vous allez rentrer de nouveau dans la classe cette fois comme des gens civilisés et vous allez déposer vos livres sur vos bureaux sans faire de bruit...» Et «le troupeau» sortait de la classe et rentrait de nouveau, docilement, silencieusement.

Une discipline rigoureuse, une exigence intellectuelle qui ne l'était pas moins. Vous n'êtes plus «dans un carré de sable», ni dans un parc d'amusement ni à «juste pour rire», vous êtes à l'école pour travailler et pour suer. Et il les faisait travailler et suer. Le tableau rempli de démonstrations, leurs cahiers, d'exercices compliqués, des devoirs à faire et des leçons à apprendre, le soir, à la maison. Des comptes à rendre le lendemain. «Tu as oublié ton devoir à la salle de pool? Une salle de pool, Crevier, c'est fait pour jouer au pool, pas pour faire des devoirs... et surtout pas une place pour les oublier!»... «Comment ça: tu sais pas, Nathalie, ce que c'est qu'un binôme. Ça veut dire, je suppose, qu'y en ont pas parlé, hier, à *La Petite Vie*»... «Bien sûr que tu ne comprends pas, Pickles, tu t'obstines à te ploguer sur le 110, branche-toé donc sur le 220. Tu vas avoir les idées plus claires et elles vont te venir plus vite»...

Et patiemment, plus lentement qu'à la démonstration précédente, en faisant des nouveaux détours, Simon reprenait ses explications aussi souvent et aussi longtemps que Pickles, Nathalie, Crevier, Nadon et les autres ne les avaient pas comprises et assimilées.

«Au meilleur explicateur de problèmes difficiles»... «Au seul professeur qui a réussi à me faire aimer les mathématiques»... «Vous êtes "super", monsieur», avaient-ils écrit sur la carte d'adieu.

En février 1994, Simon Latreille avait parlé à Zoé, son ami de toujours, de sa gang de Punks, dont il s'occupait depuis un certain temps. «Ses 15 arcs-en-ciel bébellés», comme il les appelait!

«Il me semble que, si tu acceptais ma proposition, Zoé, tu pourrais sûrement les aider.»

7

Le 3 novembre 1994 (à ma table de travail).
Il est 7 h 42.

Des cheveux de toutes les couleurs: mauves, bleus, jaunes, verts; des maquillages aux teintes non moins disparates, des chaînettes, des cadenas, des insignes de tout acabit accrochés ou tissés à leurs vêtements en guise de décorations ou de parures, disposés ici et là, sans goût et sans harmonie, des anneaux au nez, aux lobes d'oreille, aux lèvres. Des «arcs-en-ciel bébellés», avait dit Simon!

— Mais je te préviens, avait-il ajouté: ils ont peut-être le body *barbouillé et la carrosserie clinquante, mais ils ont la tête ben vissée sur les épaules.*

Les quinze nous attendaient dans leur garage qu'ils avaient baptisé du nom original et subtil de «The House»! Neuf gars, six filles dont l'âge s'échelonnait de seize à dix-neuf ans. À la première rencontre, Simon tenait à m'accompagner. «Je veux te présenter moi-même.» Je ne savais pas trop comment me vêtir. J'ai décidé de mettre veston et cravate.

Quand je les ai vus, j'ai eu brusquement l'im-

pression que je ne portais pas tout à fait la tenue adaptée aux lieux, aux circonstances et aux personnes. J'avais l'air hors d'ordre. Francine se moque souvent de ma façon de me vêtir. Elle dit que je n'ai pas toujours l'intuition de ce qu'il faut porter et comment le porter. D'habitude, c'est «le comment» qui cloche; cette fois, j'ai rapidement senti que c'était le «ce qu'il fallait».

Bien entendu, quand Simon m'a présenté, il a tout fait pour me mettre à l'aise et n'a pu résister à «détendre la crowd*» comme il dit.*

— Excusez le déguisement de monsieur Delcourt. Mon copain «s'est habillé»! Y'aime ça les kits *flashés!*

Ils ont ri, mais beaucoup moins que je ne l'aurais cru. En tout cas de façon moins bruyante que ne l'auraient fait Francine et Ferdinand et mes autres supporters de la famille Delcourt. En réalité, c'est Simon qui a ri le plus fort et le plus longtemps.

— Vous avez un bel habit, monsieur, a dit l'un.

— Il vous fait bien, a enchaîné une autre.

— C'est important de s'habiller comme ça nous plaît, a ajouté un troisième.

Puis le silence a pris place. Simon en a profité pour s'esquiver. Ils attendaient. Moi aussi j'attendais... J'attendais que les papillons cessent de s'énerver. J'avais l'impression de visionner dans ma tête un film déjà vu, de revenir à la case «départ» et d'être devant un groupe d'élèves pour la première fois de ma vie et de m'apprêter à refaire exactement ce que j'avais fait alors.

J'ai mis un certain temps avant de déranger le silence. Je les ai regardés. J'ai souri. Eux aussi. Je les ai fait se nommer et j'ai repris les noms... me trompant, m'embrouillant, les mêlant, les confondant, bien sûr.

«*Moi, je m'appelle Zoé... Zoé Delcourt!*» *Comme ceux de la première fois, ils n'ont pas ri en entendant mon prénom. Le cours a commencé. La connivence s'est établie... Aussi spontanément, aussi rapidement que la première fois.*

Depuis quelques années, Simon s'occupait de décrocheurs. D'anciens jeunes superallergiques à l'école et à ses odeurs, qui voulaient s'en rapprocher et la «sniffer de nouveau» (ai-je besoin de l'ajouter: l'expression est de Simon!). Ils venaient de partout, du métro, du Square-Berri, de la rue. Ils aboutissaient chez Simon la plupart du temps recommandés par une connaissance, un ami, une travailleuse sociale, parfois par hasard. Simon en prenait en charge une quinzaine par année à qui, deux soirs par semaine, il donnait des cours de maths pour les remettre à flot et leur permettre de se présenter mieux préparés à l'examen de cinquième secondaire du ministère et éventuellement d'obtenir leur diplôme d'études secondaires. L'an dernier, c'était au tour de sa gang de Punks.

«*Ils m'ont dit qu'en plus de l'examen de maths, ils aimeraient essayer celui de français en rédaction. Le français, tu le sais bien, c'est pas mon bag. Mais toi, Zoé... il me semble que tu pourrais sûrement les aider.*»

Comment refuser? Comment ne pas répondre à un appel de Simon, lui qui aidait tout le monde. Simon qui, même à la dernière année de sa carrière de prof, oubliait sa fatigue, son temps de repos et de détente pour s'occuper de «ses Punks». «C'est eux autres qui m'ont de-

mandé de les sortir du trou. Je pouvais pas les laisser tomber. Tu comprends!»

Un bénévole dans l'âme et dans le cœur. Un attachement indéfectible aux jeunes. Les marginaux, les rejets, les «ti-cul à casse-tête» comme il dit. Un passé qui refusait de quitter sa mémoire, comme s'il avait toujours fait partie de sa personne, comme une sève qui lui coulait dans les veines. «Mon passé sortira jamais de moé, Zoé: je me l'ai collé au cœur avec de la Crazy glue!»

Je les ai rencontrés le dimanche matin de 9 h à 12 h, de février à la fin d'avril. Trois mois d'assiduité et de fidélité (ils s'absentaient rarement) à étudier la grammaire et à mettre ses règles en pratique, à apprendre à enchaîner des phrases, à organiser des idées, à ne pas se contenter d'émettre des opinions mais à les appuyer sur des arguments, à introduire et à conclure, à savoir se servir à bon escient d'une grammaire et d'un dictionnaire.

Toutes les rencontres avaient lieu dans The House. Il y régnait un bric-à-brac indescriptible: des pots de peinture, des pneus, des guitares électriques, des filets suspendus au plafond, des peintures psychédéliques accrochées au mur, une chaîne stéréo, quatre grandes tables, seize chaises et un tableau vert monté sur roulettes.

À midi, nous allions dîner au McDonald. Ils tenaient à ce que j'aille avec eux. «Vous faites partie du groupe, monsieur Zoé.» Ils m'appelaient toujours monsieur Zoé et me vouvoyaient en tout temps. Je leur avais dit que j'étais habitué et à l'aise avec le tutoiement et avec «le Zoé tout court». Eux m'ont répondu qu'ils ne l'étaient pas. Au restaurant, les premières fois, ils tenaient à peine compte de moi, préférant parler entre eux par petits groupes. Puis avec le temps, le rapprochement aidant, les conversations se tenaient à 16. Ils parlaient de football, de hockey, de Subhumans, de moto, de courses automobiles; parfois, de politique, de leurs parents, du Québec, de leurs anciens professeurs, des policiers. Rarement de leur vie intime, de leurs peurs, de leurs frustrations, de leur marginalité, de leurs plaisirs ou de leurs peines de cœur, du passé ou de l'avenir.

Rarement, sauf André Boisclair, 16 ans, le plus jeune du groupe.

P.S. J'ai relu plusieurs fois mon texte. J'ai souri de plaisir et de satisfaction à la suite de chaque lecture. J'y ai retrouvé le style détendu d'avant mes interrogations et mes introspections à propos de mes problèmes de mémoire.

J'ai relu aussi la première partie de mon roman. Je pense que je vais pouvoir le continuer: je crois avoir trouvé une bonne idée «pour les faire sortir tous deux du cimetière».

P.S.[2] Hier, j'ai réussi à amener Ferdinand au Forum. Aux intermèdes, il a bu deux bières et mangé trois hot dogs. Pendant la partie, il s'est levé et a applaudi à tout rompre quand Damphousse a compté un but. Il a aussi engueulé à plusieurs reprises l'arbitre et quand celui-ci a infligé une deuxième punition de suite à un joueur du Canadien il lui a crié: «Maudit plein de marde! T'es juste un mangeux de balustre!»

Je crois que Ferdinand aussi va mieux. Au cours

de toute la soirée, il n'a pas mentionné une seule fois le prénom de Lucienne.

8

Le problème est réapparu à la mi-novembre. Un coup de fouet en plein visage, une attaque inattendue, imprévisible que Zoé, sans défense n'a pu parer. Un coup sournois comme celui d'un prédateur qu'on croyait parti, mais qui est toujours là, terré, dissimulé dans l'ombre et qui attend l'occasion propice de bondir sur sa proie.

En classe de français, c'était la période de l'année scolaire où les élèves préparaient des exposés oraux sur un sujet d'actualité. Comme il le faisait chaque année, Zoé avait suggéré à ses élèves de choisir des sujets familiers qui les concernaient directement. Ce serait alors, leur expliquait-il, plus facile de s'y intéresser et de les vulgariser suffisamment pour les mettre à la portée des gens de leur âge. C'est ainsi que, les années précédentes, l'un avait traité le sujet de la violence au hockey ayant été lui-même, au cours d'une partie, victime d'un coup de bâton vicieux qui l'avait tenu rivé sur un lit d'hôpital pendant deux mois; un autre, d'autisme, parce que son jeune frère de huit ans en était atteint; un troisième, sportif d'élite en aviron, de la difficulté à concilier le sport et les études. Chacun devait se documenter à propos de son sujet et, une fois la recherche complétée, en faire une synthèse et ne garder, pour la présentation orale, que les éléments les plus percutants et les plus susceptibles d'intéresser l'auditoire.

— L'Alzheimer est une maladie de la mémoire. Elle porte le nom d'un neurologue allemand qui le premier l'a identifiée et soignée. Elle frappe habituellement les personnes âgées, celles de 70 ans et plus par exemple. C'est une maladie très grave. Il existe, comme vous le savez, une maladie qui s'appelle la bactérie mangeuse de chair. L'Alzheimer, elle, est une mangeuse de mémoire. Elle attaque les souvenirs, les anciennes habitudes, les anciennes façons d'agir. Mon grand-père, qui a souffert de cette maladie, mangeait avec ses mains parce qu'il ne savait plus se servir d'ustensiles. Il faisait aussi ses besoins n'importe où, ayant oublié à quoi servait une salle de bains. Il avait souvent l'air perdu. Je me souviens d'une occasion où, le visage très angoissé, il avait fait à plusieurs reprises le tour de la maison, passant continuellement d'une pièce à l'autre. Sa fille (ma mère) lui avait demandé très doucement (il fallait toujours lui parler doucement) ce qui pouvait tant l'énerver et pourquoi il se promenait ainsi. Il avait répondu qu'il avait perdu sa maison et qu'il la cherchait partout et qu'il ne réussissait pas à la trouver. L'Alzheimer est une rongeuse qui n'est pas pressée: elle agit lentement mais sûrement. C'est une maladie grave qui conduit toujours à la mort la personne qui en est atteinte parce qu'on n'a pas encore découvert de remèdes pour la guérir.

Celui qui parlait était Stéphane Lizotte. Il connaissait bien la maladie d'Alzheimer parce que son grand-père, ancien avocat réputé, atteint de cette maladie, avait vécu longtemps à la maison avec eux et en était mort à l'hôpital, l'année précédente, à l'âge de 80 ans.

Aussitôt que Stéphane avait abordé le sujet, aussitôt que dans son introduction il avait mentionné les mots «maladie de la mémoire», Zoé ne s'était pas senti bien. On aurait dit que toutes ses peurs récentes étaient remontées à la surface et l'avaient envahi de toutes parts. Il avait bien peu écouté l'exposé, dérangé par ses phobies. Son oreille distraite et sa tête étourdie n'entendaient et ne retenaient que quelques bribes. «Détérioration de l'esprit... Perte de faculté, de l'équilibre... Grand-père apeuré... maison perdue...» Il n'avait pas compris pourquoi, à un certain moment, les élèves s'étaient retournés vers lui en riant. Il s'était alors senti davantage mal à l'aise, ayant alors l'impression que Stéphane se servait de lui comme exemple concret d'une personne atteinte de la maladie. Pour camoufler son état, il avait ri avec eux et son embarras avait passé inaperçu. En réalité, ce qui s'était produit, c'est qu'au cours de l'exposé, Stéphane avait souligné qu'il ne fallait pas voir l'Alzheimer partout, que ce n'est pas parce qu'une personne oublie fréquemment des choses qu'elle est atteinte de la maladie. «Par exemple, avait-il précisé, ce n'est pas parce que monsieur Delcourt a oublié de donner un devoir hier ou les résultats de la rédaction que nous lui avons remise il y a un mois qu'il souffre d'Alzheimer!»

Zoé n'était pas fier de lui quand, à la suite de l'exposé (qu'il avait à peine écouté) il s'était entendu critiquer: «C'est un excellent travail, Stéphane, bien documenté, que tu as su illustrer d'exemples pertinents. Tu as même réussi à faire rire l'auditoire. Bravo, Stéphane!» Il avait ajouté qu'il aimerait bien lui emprunter les articles et les deux livres qu'il avait consultés pour préparer son travail.

— Je pourrais aussi vous laisser la copie d'un film qui traite de l'Alzheimer, avait ajouté Stéphane Lizotte enthousiaste.

C'était le dernier exposé de la journée. Quand la cloche avait annoncé la fin du cours, contrairement à ses habitudes, Zoé avait quitté le local en vitesse.

— Monsieur, monsieur Delcourt... les livres que vous m'avez demandés...

Mais Zoé était déjà loin.

9

Le 15 novembre 1994 (à ma table de travail).
Il est 19 h.

Qu'est-ce qui lui a pris à Stéphane Lizotte de choisir un tel sujet et de faire un exposé semblable? J'aurais dû le refuser quand il me l'a soumis. Ç'aurait été facile pour moi d'invoquer n'importe quelle raison valable et plausible: sujet trop vaste, trop éloigné de l'actualité quotidienne, problème «de vieux» à mille lieux des préoccupations et des intérêts d'un auditoire de jeunes de 16 ans. Mais j'y pense: si je ne m'y suis pas opposé, c'est qu'il ne m'a tout simplement pas remis son choix de sujet et le plan de travail qu'il devait suivre!

C'est évident, ça saute aux yeux: Lizotte m'en voulait et il a profité de son exposé pour se défouler et assouvir sa vengeance. Qu'est-ce qu'il a contre moi? Qu'est-ce qu'il peut avoir à me reprocher? Ce n'est pas dans ses habitudes d'être agressif et vindicatif. Si c'était

*venu de Nathalie Larose, Jocelyn Leroux ou Jonathan
Garneau je comprendrais; des marginaux, des têtes fortes,
qui se pensent toujours plus intelligents que les autres et
qui ne prennent même pas de notes pendant mes cours,
des frustrés qui ne sont jamais satisfaits, des complexés
qui se moquent de tout le monde, des profs en particulier. Mais Stéphane Lizotte! Un élève gentil, calme, posé,
timide, qui ne dit jamais un mot plus haut que l'autre.
Il fallait le voir après son exposé: il pavanait! Le visage
rayonnant, un air radieux, un plaisir «intolérable», un
bonheur «insupportable»! Quel élève aurait pu résister
au plaisir de faire le paon après un tel exploit? Et quel
exploit: réussir à se moquer d'un prof en pleine classe!
Il faut avoir du culot! Me traiter d'Alzheimer devant tout
le monde! Tant qu'à y être, pourquoi ne pas avoir proclamé
au su de tous que j'étais fou?*

*Je les imagine et je les entends, à la salle des cases,
après le cours, se tordre de plaisir:*

*— All right, Lizotte! Tu l'as plogué à mon goût
Delcourt! Est-ce qu'y avait l'air assez fou? J'te dis qu'y
riait jaune!*

— Enfin! Quelqu'un qui a le courage de blaster
*un prof! Depuis le temps que, parce qu'y sont profs, y
se croient tout permis et ne manquent pas une occasion
de nous niaiser et de nous faire perdre la face.*

*— Ça va y faire du bien à Delcourt de se faire
mettre à sa place! Y dit toujours que nos jokes sont or-
dinaires, qu'on est juste des p'tits amateurs! Y'avait t'y
l'air assez amateur après-midi! Un vrai twitt: on riait de
lui, pis il riait avec nous autres!*

— T'as ben raison, Steph: c'est vrai qu'yé malade!

— Si yé trop vieux pour enseigner, qu'y laisse donc la place aux plus jeunes!

Et que j'ai hâte de revoir Lizotte demain! J'ai deux mots à lui dire à celui-là! Je me demande si je ne devrais pas appeler les parents tout de suite. J'imagine qu'ils ne seront pas très contents d'entendre raconter l'exploit de leur fils! En fait, ils ne sont probablement pas mieux que lui: ce sont eux qui l'ont élevé. Leur fils est un arrogant, un insolent! On devrait mettre à la porte de l'école sur-le-champ ce genre d'élèves! On ne devrait même pas les accepter en première secondaire!

Mais à bien y penser: quel geste puis-je faire contre Lizotte et quoi dire à ses parents? J'ai ri de ses farces idiotes! Je l'ai même félicité pour la qualité de son travail!

Mais qu'est-ce que j'ai? Je déparle! Je divague! Je délire! Il est 19 h et je suis encore tout bouleversé! J'ai à peine grignoté au souper. Je n'allongeais aucune conversation, j'avais même de la difficulté à les suivre. Francine s'en est bien rendu compte.

— C'est la correction qui me fatigue et qui me pèse. C'est devenu un véritable cauchemar! Ça fait plus d'un mois que mes élèves m'ont remis leurs copies et je n'ai même pas encore commencé à les corriger. Ils vont sûrement y faire allusion à un moment donné!

Et me voilà à 19 h à mon bureau en train de sup-posément corriger!

A-t-on idée d'écrire de telles conneries à propos de ses élèves. S'il fallait que mon cahier leur tombe dans les mains! Je me propose en classe, demain, de m'excuser d'avoir... «Mais t'excuser de quoi, Zoé?»

Cette manie que j'ai et que j'ai toujours eue de

*vouloir m'excuser à propos de tout! Ça vient de Ferdinand
cette habitude. C'est lui qui nous l'a inculquée, à nous,
ses enfants! Tiens, je redeviens agressif. Je recommence à
nouveau à «brasser de la marde». J'ai toujours cette maudite expression vulgaire dans la bouche. Ça aussi c'est la
faute de Ferdinand!*

21 h (au même endroit).
*Ça va mieux. Je suis plus calme maintenant. Je
crois que j'ai exagéré un peu tantôt. Il y avait longtemps
que je m'étais emporté de la sorte. Regarder la télévision
avec Francine m'a détendu. Je lui ai aussi parlé d'une
idée qui me trotte dans la tête depuis un certain temps:
organiser une petite fête pour souligner la retraite de
Simon. Elle était emballée. Elle a même suggéré qu'on y
invite Ferdinand. Pourquoi pas? Ils se connaissent bien:
Simon a toujours été attaché à Ferdinand et à Lucienne.
Ils s'amusaient beaucoup ensemble les deux hommes à se
raconter des histoires et à en rire. C'est une sortie qui
comblera sûrement Ferdinand lui qui semble avoir repris
goût au plaisir.*
La fête aura lieu à la maison, à Repentigny.
J'ai hâte d'en parler à Simon.

10

Le lendemain de cet incident, il s'était réveillé beaucoup plus tôt qu'à l'habitude, l'esprit inquiet. Les éner-
vements de la veille avaient laissé des traces que n'avaient

pas réussi à effacer complètement le sommeil et la per-spective de la fête de Simon.

Il s'était installé à l'ordinateur (comme il le faisait souvent le matin) pour compléter un questionnaire d'exa-men qu'il avait ébauché quelques jours auparavant. Ses mains n'étaient pas à l'aise sur le clavier. Un léger trem-blement qu'il ne réussissait pas à contrôler. «Mes mains qui tremblotent encore!»

Sans s'en rendre compte, il avait écrit à l'écran: «S'il est trop vieux qu'il laisse la place aux plus jeunes!» Il a esquissé une moue, a fait disparaître la phrase et a poursuivi son travail. En fait, il n'a rien repris parce que son inspiration était en panne. Il a éteint l'ordinateur, puis l'a brusquement rallumé ne se souvenant pas s'il avait conservé ou effacé le questionnaire amorcé. Il l'avait conservé! Depuis qu'il s'était initié aux rudiments de l'in-formatique, il avait développé la phobie d'oublier de garder en mémoire et la peur que la mémoire de l'ordinateur se détracte. «Un ordinateur qui deviendrait... Alzheimer! Elle est drôle celle-là! Il faudrait que je l'écrive pour ne pas l'oublier.» «Alzheimer-oublier!» «Deux de suite! Tu t'amé-liores, Zoé», se dit-il en souriant.

«Y'a juste ses *jokes* qu'y trouve bonnes... même celles qui sont plates!»

Il a à peine déjeuné. Dans l'auto, il pensait à ce qu'il dirait à ses élèves au début du cours, il se demandait quelle attitude ils auraient, s'ils s'étaient rendu compte de son embarras de la veille. «J'te dis qu'y riait jaune!»

— Tu n'oublies pas de me laisser au prochain coin de rue, lui rappela Francine. Tu as l'air distrait, Zoé! À quoi penses-tu?

— À la fête de Simon...! Je l'appellerai peut-être cet après-midi, pour lui en parler.

Arrivé à l'école, il s'est rendu immédiatement à la salle des cases des élèves. Zoé y allait souvent. Surtout le matin, avant le début des cours. Il s'y pointait parfois pour rencontrer un élève ou pour parler à un surveillant, mais la plupart du temps c'était sans raison. Cependant, ce matin-là, il avait un prétexte très précis: il avait besoin de savoir, il avait besoin d'être rassuré...

Il a croisé les visages habituels: autant les endormis que les réveillés, les boudeurs que les souriants, les distants que les chaleureux. Il n'a rien constaté d'insolite: on n'avait pas brusquement cessé de parler à son passage, ni détourné les regards ni pouffé de rire. Il n'avait pas senti non plus de complot, qu'il avait imaginé se tramer contre lui! Il a croisé les inséparables Nathalie Larose, Jocelyn Leroux et Jonathan Garneau (les rebelles, les têtes fortes de son délire de la veille!) qui se sont attardés à lui parler en l'apercevant.

— N'oubliez pas notre show de musique rock! C'est vendredi. Vous nous avez promis d'y venir. On vous a réservé une place près de la scène. Vous allez être fier de vos élèves, monsieur Delcourt!

Zoé était apaisé. Toutes ses craintes et ses appréhensions étaient tombées: ses élèves ne lui en voulaient pas, ils ne s'étaient rendu compte de rien. Zoé n'appréhendait plus se présenter en classe.

Il y fut accueilli par l'enthousiasme débordant de Stéphane Lizotte.

— C'est le meilleur exposé que je n'ai jamais fait, monsieur! Habituellement, en oral, vous le savez, je suis le plus poche de la classe: je suis nerveux, je parle vite, je bégaie et je ne réussis jamais à dire ce que j'ai prévu. Je n'en revenais pas: j'ai même réussi à faire rire la classe. Je vous le jure, monsieur: ils ne riaient pas de moi, ils riaient de mes farces! Même vous, vous avez ri! Quand je suis arrivé à la maison, je ne portais pas à terre. Ma mère était aussi contente que moi. Elle était tellement heureuse qu'elle pleurait. Il faut dire que ça lui rappelait mon grand-père. Je lui ai aussi rapporté la critique super que vous m'avez faite après l'exposé. Elle voulait vous appeler pour vous remercier et vous parler aussi de la maladie d'Alzheimer parce que je lui ai dit que vous sembliez très intéressé par le sujet! Je ne sais pas si j'ai bien agi, monsieur Delcourt, mais c'est moi qui l'ai convaincue de ne pas le faire. Je lui ai dit que ça ne se faisait pas déranger un prof à la maison le soir. Au fait: je vous ai apporté les livres que vous m'aviez demandés. J'ai essayé de vous les remettre hier, mais vous êtes parti trop vite.

Était-ce possible? Stéphane Lizotte, le timide, le gêné, qui fondait et rougissait simplement à l'idée de poser une question en classe, était devenu du jour au lendemain une machine à paroles!

La journée s'était bien déroulée. Les exposés s'étaient poursuivis dans tous les groupes.

N'étant pas obligé d'attendre Francine qui devait rester à Montréal, Zoé est retourné tôt à Repentigny.

Avant de se rendre chez lui, il s'est arrêté chez Ferdinand qui demeurait à quelques rues de leur maison. Ils ont fait une promenade ensemble. Ferdinand était de bonne humeur. Il parlait de sport, des petites retouches qu'il avait faites à sa maison, des nouveaux voisins avec qui il était devenu ami. Il parlait aussi de Télesphore et de Lucienne, mais sans s'apitoyer, sans que les larmes lui montent aux yeux, sans que sa voix devienne chevrotante. Pour un instant, Zoé a été tenté de faire allusion à la fête de Simon. Il s'est abstenu. Simon n'était même pas encore au courant!

Sans trop s'en rendre compte en marchant, ils ont abouti tout près de l'église et du cimetière.

— Est-ce qu'on entre au cimetière, Zoé?

— Pourquoi pas?

Une fois le portail franchi, Zoé s'est arrêté, faisant lentement des yeux le tour des lieux, un grand sourire aux lèvres.

— Qu'est-ce qui peut y avoir de drôle dans un cimetière? Pourquoi ris-tu, Zoé?

Il a longuement hésité, puis, l'air espiègle, il a répondu: «parce que»... Et le visage de son père s'est épanoui à son tour. Ferdinand a alors sorti son sourire de connivence, celui qu'il avait si souvent avec son fils aîné, un long sourire silencieux, sans se douter que celui de Zoé était sans rapport avec le «parce que»... de Télesphore.

Zoé ne pouvait quand même pas confier à Ferdinand que, lorsqu'il était entré dans le cimetière, il avait eu l'impression de voir subitement apparaître tout près de lui «les deux tourtereaux» (de son roman!) qu'il avait lui-même «abandonnés là» depuis belle lurette!

Ferdinand lisait à haute voix:

— Lucienne, le 28 octobre. Télesphore, le 11 juillet.

— Le 11 juillet. C'est aussi la date de notre mariage. Tu t'en souviens, Ferdinand?

— Bien sûr que je ne l'ai pas oubliée.

Et c'est aussi, songeait Zoé, la date de mariage «de mes deux amoureux du cimetière»!

11

— Zoé! Veux-tu me dire ce qui est arrivé. Il est 22 h 35!

— Ah, merde! *Le Point* est commencé depuis dix minutes. Je le savais que j'arriverais en retard pour le début. L'émission à propos des Punks à laquelle je tenais tant! As-tu pensé à l'enregistrer? Dis donc: as-tu vu toutes les autos sur notre rue? On se croirait au centre-ville!

— Zoé, ce n'est pas tout à fait le temps de faire tes maudites farces plates!

Il n'avait jamais vu Francine si nerveuse et aussi troublée. «Maudites farces plates!» Ce n'était pas dans ses habitudes non plus d'employer un tel langage ni de lui parler sur un ton pareil.

— Qu'est-ce qui ne va pas, Francine? Il est arrivé quelque chose de grave. Les enfants? Ferdinand? Je me suis fait voler ma bicyclette!

— Zoé!!!

C'est au moment précis où Francine exaspérée cria à tue-tête le nom de Zoé qu'apparut, dans le cadre de la porte, Simon. Sur le coup, Zoé s'apprêtait à lui demander s'il avait regardé l'émisssion de télévision à propos des Punks. Une réflexion qui eut la brièveté d'un éclair emporté par un autre plus fulgurant, plus violent... Simon!

C'était la fête en l'honneur de son ami Simon! La fête dont il avait eu l'idée, qu'il avait lui-même organisée avec l'aide de Francine dans sa propre maison! Les nuages disparaissaient, les images s'éclaircissaient et reprenaient leur place et leur sens: les nombreuses autos sur la rue, l'accueil glacial et ahuri de Francine, c'était donc ça! Il avait oublié la fête de son ami! Et Simon qui, sans s'en rendre compte, sortit Zoé du pétrin en lui demandant spontanément en l'apercevant:

— Il t'est rien arrivé de grave, j'espère?

Et d'autres «Il t'est rien arrivé de grave» des invités inquiets qui accouraient du sous-sol, alarmés par le «Zoé» de Francine. Des questions qui fusaient de toutes parts qui lui permettaient de se ressaisir, de se donner une contenance et de se maquiller un visage peiné et contrit et d'inventer un scénario.

— Je m'excuse, je m'excuse! Je n'ai jamais été aussi mal à l'aise. Une histoire abracadabrante, à peine crédible, mes amis! Un camion renversé sur l'autoroute 40! La circulation détournée! Le pneu arrière de ma voiture qui se dégonfle, le CAA qui n'en finit plus d'arriver, l'arrêt à une boîte téléphonique pour constater que je n'avais plus de monnaie pour avertir Francine de mon retard!

Zoé avait retrouvé tous ses moyens et jonglait avec les menteries avec une aisance déconcertante qui le surprenait lui-même. Le vin, la bière, l'atmosphère de fête, les commentaires hilarants de Simon aidant, son récit prenait des airs d'histoire vraisemblable.

Tous et toutes y avaient cru, sauf Ferdinand qui connaissait bien son fils et Francine... pour une tout autre raison.

À plusieurs reprises, Ferdinand avait été tenté d'interrompre le récit de Zoé par un «Il serait temps de faire venir des mets chinois»... Il avait résisté à la tentation, jugeant que son intervention aurait été inopportune. Ce qui ne l'avait pas empêché de glisser à l'oreille de Zoé, quand celui-ci était passé près de lui, en descendant au sous-sol, «Dis donc, Zoé: qu'est-ce que tu penses de "La Marmite magique"?»

Francine, quant à elle, prenait du temps à récupérer et à remettre son esprit à la fête. En fait, il n'y était jamais entré.

Il y avait d'abord eu la fatigue des préparatifs et des dernières retouches qu'elle avait dû faire seule parce que Zoé n'y était pas. Puis, l'agacement occasionné par les fausses raisons qu'elle avait dû donner à Simon et aux premiers invités pour justifier le retard de son mari, impatience qui décuplait avec l'arrivée de chaque nouvelle personne. L'énervement qui s'était installé et avait pris toute la place à mesure que l'heure avançait et que Zoé ne se pointait toujours pas: une assiette qui lui avait glissé des mains, des verres qu'elle avait cherchés nerveusement pour constater qu'ils étaient sur la table devant elle, les appels successifs qu'elle s'obstinait à loger à l'école sachant parfaitement qu'elle s'adresserait chaque fois à un répondeur, tous les scénarios qui défilaient dans sa tête, plus épouvantables et horrifiants les uns que les autres (de l'accident mortel, à la crise cardiaque en passant même par l'enlèvement). C'est au moment où elle s'apprêtait à prévenir les policiers que Zoé avait fait son entrée dans la maison.

Et c'est au milieu des explications et des justifica-

tions que Zoé donnait à Simon et aux invités que le mys-
tère tout à coup s'était dissipé dans sa tête: si Zoé était
arrivé si tard, c'est qu'il avait tout simplement oublié la
fête de Simon! Cette découverte ne l'avait pas apaisée.
Bien au contraire. Elle s'était alors souvenue que trois
jours plus tôt, il ne s'était pas présenté non plus au restaurant La Marmite magique pour un souper avec Ferdinand!

— Pourquoi as-tu cet air-là, Francine? Cesse de te
tracasser. Je suis revenu. Je n'ai pas eu d'accident. Un retard, ça peut arriver à tout le monde! Et tu le sais que
ce n'est pas dans mes habitudes.

Des paroles prononcées sans conviction, dites en
évitant de croiser le regard de sa femme. Zoé savait...
que Francine savait!

Le reste de la soirée s'était passé sans incidents...
ou presque. On avait de nouveau trinqué, on avait chanté
le «c'est à ton tour», on avait remis un magnifique ensemble de golf à Simon et chacun, tel que convenu, lui
avait adressé un petit mot tendre de son cru. Simon était
profondément ému. Il s'était levé lentement et lui, habituellement si volubile, s'était contenté de dire, hésitant et bu-
tant sur chaque mot:

— Je ne vous vois pas, je pense qu'y va falloir
que je change mes lunettes, parce que j'ai l'impression
que celles-là prennent l'eau. Pis je veux aussi vous dire
que j'suis pu capable de vous parler: on dirait que j'ai
la gorge pris dans le chat!

Et il s'était rassis, sous les applaudissements et les
rires et «les bravos, Simon!».

Francine avait été la seule à remarquer que Zoé
s'était contenté d'adresser un tout petit mot à Simon. Il

n'avait pas lu la longue lettre préparée avec tant de soin.

Il était deux heures du matin quand Zoé et Francine s'étaient retrouvés seuls.

Le premier, il avait pris la parole.

— Je trouve que ce n'est pas le moment, Francine.

C'était la formule magique qu'ils utilisaient entre eux dans les moments de grande tension et de «risques de paroles démesurées qui ont tendance à dépasser la pensée...».

C'était une entente qui prévalait depuis trente ans, qu'ils avaient établie et scellée au premier soir de leur mariage.

Elle n'avait jamais été transgressée depuis.

Elle ne le serait pas non plus, cette nuit-là.

12

Francine s'était couchée la première. Zoé ne s'était pas rendu immédiatement à la chambre. Il s'était attardé à la salle de bains, était passé au salon, descendu au sous-sol pour vérifier si tout était bien en place, avait sondé chacune des portes pour s'assurer qu'elles étaient bien fermées à clé. Il cherchait à se distraire pour laisser le temps à Francine de s'endormir. Quand il la crut endormie, il se coucha à son tour. Comme il s'y attendait, le sommeil ne vint pas. Au trois cent douzième mouton, il se leva. Francine ne s'était pas réveillée. De nouveau, il descendit au sous-sol.

Le 25 novembre 1994 (à ma table de travail).
Il est 3 h 16.

Décidément, les moutons ne font pas le poids cette nuit et je n'ai pas la patience d'augmenter le troupeau. Je me demande si les employés de la voirie ont réussi à remettre le camion sur ses roues! Faut-il être assez con pour songer inventer une histoire semblable et l'être doublement d'avoir osé la raconter? Qu'est-ce que Simon et les autres diront quand ils se rendront compte qu'il n'y a jamais eu de camion renversé sur l'autoroute 40 ni de voie détournée? Peut-être n'y ont-ils jamais cru? Peut-être ne l'ont-ils même pas entendue: le bruit, les conversations, les rires qui fusaient continuellement pendant que je parlais ont probablement empêché les mots de se rendre jusqu'à leurs oreilles? De toute façon, ils étaient beaucoup plus attentifs aux commentaires désopilants de Simon qu'à mon récit.

Quel bagout il a ce Simon! Quel conteur! Même quand il est sérieux et que l'émotion l'étreint, il réussit à faire rire: «ses lunettes qui prennent l'eau», «la gorge dans le chat»! Il n'y a que Simon pour inventer des expressions et des images semblables. Moi qui dis si souvent à mes élèves qu'ils sont des amateurs, à côté de Simon je suis un débutant! Pauvre Simon, s'il y a quelqu'un qui ne méritait pas que je lui fasse le coup de l'oubli, c'est bien lui. S'il savait que j'ai aussi oublié la lettre («Hommage à mon ami Simon») que je lui avais préparée! Par contre, on peut dire que cet oubli se justifie en quelque sorte: pourquoi aurais-je eu cette lettre en ma possession puisque hier je ne retournais nullement à la maison dans l'intention de fêter Simon? Que mon esprit est lucide tout à coup... mais pas suffisamment pour me permettre de me souvenir où j'ai bien pu laisser cette fameuse lettre! Elle doit être nichée au même endroit que les livres que Stéphane Lizotte m'a prêtés et qu'il me réclame depuis trois jours pour les remettre à la bibliothèque!

Pendant mon récit, j'ai croisé plus d'une fois le sourire narquois de Ferdinand. J'ai eu peur qu'il m'interrompe pour lancer un «il serait temps de faire venir les mets chinois» ou un «c'était quelle date au juste la fête de Lucienne, Zoé?». Ça n'a pas dû lui être facile de se retenir. Il reste que je n'ai pas trop compris ce qu'il voulait dire par: «Qu'est-ce que tu penses de La Marmite magique?» Il faudrait que je lui en parle.

Je voudrais avoir un grand trou de mémoire et ne plus me souvenir de toute cette histoire et des événements qui l'entourent. Quelle situation cocasse: j'en suis rendu à souhaiter... oublier! Je n'ai pas hâte de parler à Francine. Je n'ai pas envie non plus de remonter à la chambre. J'ai senti tantôt qu'elle avait eu beaucoup de difficulté à ne pas rompre «l'entente». Je me demande comment elle a pu réussir à s'endormir.

Elle ne dormait pas. Elle avait entendu le va-et-vient de Zoé dans la maison, elle avait senti sa présence quand il était venu se coucher près d'elle, qu'il s'était tourné à gauche, à droite à plusieurs reprises, qu'il s'était levé doucement pour descendre au sous-sol.

Depuis quelque temps déjà, Zoé la préoccupait. Elle avait toujours ri et, comme tous les membres de la famille Delcourt, s'était moquée de ses nombreux oublis.

Mais depuis trois semaines, elle s'en inquiétait vraiment: c'est qu'ils se multipliaient de façon alarmante. Celui de la fête de Simon avait été la goutte qui avait fait déborder le vase. Coup sur coup, il avait oublié d'assister à un spectacle de musique donné par trois de ses élèves où sa présence était très attendue, de donner un cours une fin d'après-midi, de se présenter au restaurant où l'attendait Ferdinand.

Elle savait aussi que Zoé était tracassé par ses oublis et par leur fréquence, leur ampleur et leur conséquence. À preuve, tous les scénarios farfelus qu'il inventait et les mensonges éhontés qu'il se permettait pour les justifier, les camoufler ou les nier. Zoé aimait mentir pour le plaisir, pour l'amusement, pour se payer la tête des autres. Mais voilà maintenant qu'il mentait pour se protéger, pour dissimuler ses faiblesses, pour cacher ses déficiences.

Il avait perdu sa spontanéité, sa verve et son sens de l'humour qui lui avait toujours permis d'éviter de dramatiser outre mesure les situations et les événements. Il était souvent distrait, songeur, l'air et l'esprit préoccupés quand elle lui parlait. Ses pertes de mémoire le torturaient, elle le savait. Les deux livres traitant d'Alzheimer qu'elle avait découverts par hasard sur son bureau le lui avaient confirmé.

Zoé souffrait. Et il souffrait seul, sans elle. Elle était là, spectatrice impuissante, à assister à distance à la douleur de son homme, obligée de retenir les mots de réconfort et d'apaisement qui lui brûlaient le cœur. «Je trouve que ce n'est pas le moment», avait-il dit et elle devait respecter l'entente.

Elle savait qu'elle ne dormirait pas de la nuit.

Elle savait aussi que Zoé ne remonterait pas à la chambre.

13

— Regarde, Francine: c'est ici que le camion a basculé, vendredi!

— C'est surprenant, hein Zoé, qu'il n'y ait pas de marques de pneus!

— C'était justement là le problème: les freins étaient défectueux et le conducteur, pour éviter les autos devant lui, a dû brusquement tourner à droite et c'est alors que son camion s'est renversé!

— Et les conducteurs des autres voitures n'ont pas freiné non plus quand ils l'ont vu apparaître sur leur voie?

— Ils auraient dû, je le sais! Toi aussi tu penses ainsi, n'est-ce pas?

— Et toutes les autos et les camions ont foncé sur le mastodonte allongé et ce fut l'hécatombe. Et la circulation a été arrêtée pendant quatre heures empêchant les gens de se rendre à la fête de leur ami et d'appeler leur épouse pour la prévenir de leur retard, coincés et prisonniers qu'ils étaient dans ce fouillis indescriptible!

— C'est exactement comme ça que les choses se sont passées. C'est à croire que tu y étais, Francine!

— Et la circulation était à ce point bloquée que les reporters, les photographes et les caméras de télévision n'ont pu s'y rendre!

— Ce qui explique que le lendemain et les jours suivants aucun média n'en ait fait mention!

Ils n'en pouvaient plus ni l'un ni l'autre: ils ont éclaté de rire ensemble. Des rires qui sont rapidement devenus incontrôlables, montant, descendant, s'apaisant un instant, puis repartant de plus belle, des rires fous, débridés, des rires à soupape libératrice de la tension, de la nervosité et de la fatigue qu'ils avaient accumulées depuis trois jours.

— Enfin, Zoé!

— Enfin quoi, Francine?

Et leur fou rire reprenait de plus belle ne pouvant plus s'arrêter, intarissable.

Ce n'était pas la première fois que l'auto était le théâtre et le témoin d'un événement important de leur vie de couple.

C'était dans l'auto que Zoé avait fait sa demande en mariage à Francine, c'était dans l'auto que Francine avait annoncé à Zoé qu'elle était enceinte de leur premier enfant, c'était dans l'auto qu'ils avaient décidé d'emménager à Repentigny eux qui, quelques semaines auparavant, s'étaient juré de ne jamais vivre en banlieue. C'est dans l'auto que Zoé avait jugé que «c'était le moment».

En réalité, «le moment» n'était pas pensé, réfléchi, concocté, choisi à l'avance. C'était «le moment» qui s'imposait de lui-même, irrésistible. Qu'importaient le lieu, le temps, la situation, l'état d'esprit.

C'était par soir de tempête et de circulation dense que Zoé avait fait à Francine sa demande, par après-midi de nerfs à fleur de peau que Francine avait annoncé à

Zoé qu'elle était enceinte de Robert...

En revenant à la maison, le mardi suivant la fête de Simon, tous les deux silencieux, essayant de relaxer et d'oublier la journée harassante, le «regarde, Francine: c'est ici que le camion a basculé» était devenu une nécessité, une urgence et avait déclenché la mise au point.

— Je ne pouvais quand même pas, quand j'ai vu apparaître Simon, lui avouer que j'avais oublié «sa fête» que j'avais moi-même organisée! De quoi aurais-je eu l'air? Qu'est-ce que tu aurais fait à ma place, Francine?

— J'aurais agi comme tu l'as fait, Zoé. Mais probablement que je ne m'en serais pas tirée de façon aussi honorable. Je n'ai ni ta facilité ni ton talent à inventer des histoires.

— Tu n'avais pourtant pas l'air de quelqu'un qui approuvait ce que je faisais et ce que je disais. J'ai vu ton visage tendu, crispé. J'avais de la difficulté à te reconnaître. J'avais l'impression d'être en face d'une étrangère.

— Si tu savais la peur que tu m'as causée, Zoé! Je pensais qu'il t'était arrivé quelque chose de grave, d'irréparable. Quatre heures de retard, aucun appel pour le justifier, aucun moyen de te rejoindre. Une peur atroce, Zoé, profonde qui ne voulait pas me quitter, même pendant ton histoire, même après.

Et comme elle se retournait vers lui pour lui dire: «Je croyais que tu étais mort, Zoé!» elle constata qu'il était absent, ailleurs, qu'il n'écoutait pas ses explications. Et voilà que subitement, il se tourna lui aussi vers elle, et voilà qu'à son tour elle ne reconnut pas ce visage subitement défait par l'angoisse ni ce ton de désespoir qu'il prit pour lui dire brutalement:

— Francine, je pense que je suis en train de perdre complètement la mémoire! J'en deviens fou!

Ces paroles eurent l'effet d'un coup de fouet, d'un coup de massue qui l'assomma. Elle resta sidérée. Depuis quatre jours, depuis vendredi qu'elle pensait à des façons, à des manières d'aborder ses oublis fréquents. Des formules d'approches adoucissantes, à petits pas, par détours, par euphémismes, évitant les mots-chocs, qui font peur. Des mots à baume, à gants blancs, à encouragements, à portes de sortie, à remèdes, à solutions faciles à appliquer, d'autres qui relativisent, qui dédramatisent, qui modèrent, calment, apaisent. Les deux phrases matraques de Zoé l'avaient prise par surprise et l'avaient complètement décontenancée et rendue muette.

Du revers de la main, Zoé avait essuyé les larmes qui l'empêchaient de bien voir la route. Mais elles avaient aussitôt refait surface. On aurait dit qu'il avait besoin de pleurer, que les rires de tantôt ne l'avaient calmé que temporairement, comme s'ils avaient oublié, dans leur débordement pressé, des grands pans de tension et de souffrance que ses larmes allaient chercher et entraînaient avec elles hors de lui.

Et c'est en mêlant ses pleurs à ceux de Zoé que Francine retrouva aussi son calme et sa maîtrise.

— Zoé, murmura-t-elle doucement.

— Ça va mieux, lui répondit-il en s'étirant le bras pour lui prendre la main.

— Crois-tu vraiment, Zoé, qu'un individu qui n'a pas tout son esprit est capable d'inventer spontanément de toutes pièces un scénario comme celui que tu as forgé et improvisé à la fête de Simon. Tu le penses vraiment?

— Je le sais: j'exagère peut-être un peu. Mais ça ne règle pas le problème de mes oublis: la fête de Simon, un cours la semaine dernière, le spectacle de mes élèves.

— Tu n'es pas à ton premier ni à ton dernier oubli. Tu as passé ta vie à oublier. Et tu as toujours été le premier à t'en moquer. Pourquoi tout à coup cesserais-tu de le faire? Quelle différence y a-t-il entre ne pas se souvenir de la fête de Simon et de celle de Lucienne? Ce sont deux oublis semblables. Pourquoi subitement l'un t'angoisserait, t'empoisonnerait l'existence, alors que l'autre t'a toujours fait rire?

— Puisque tu parles de Lucienne, tu sais comme moi, Francine, que, dans les derniers temps de sa vie, elle n'avait pas les esprits bien clairs. Le médecin avait mentionné qu'elle avait plusieurs symptômes de la maladie d'Alzheimer.

— Et tu as conclu que tu en souffrais toi aussi, comme si c'était une maladie héréditaire qu'on transmet de mère en fils. Zoé, l'optimiste, l'accommodant, le rationnel qui fait de telles déductions! Si tu me les entendais dire, tu te moquerais de moi et tu aurais bien raison. Quel âge avait Lucienne quand elle est morte?

— Quatre-vingt-quatre ans!

— Et tu en as 57, Zoé! On ne souffre pas d'Alzheimer à 57 ans! Voyons donc, Zoé Delcourt!

Était-ce l'effet du fou rire, des larmes, de l'aveu de ses peurs, du partage de son angoisse, des paroles rassurantes de Francine ou de tous ces éléments additionnés il n'aurait pu le dire. Il reste que Zoé se sentait bien, libéré, détendu...

Francine aussi était heureuse. Certes, elle était bien

consciente du manque d'étoffe et de rigueur de son discours, de l'émotivité qui le soutenait, de son manque de
connaissances à propos de la maladie d'Alzheimer, du
mensonge qu'elle s'était permis en laissant entendre que
cette maladie n'attaquait que les vieillards. Elle n'ignorait
surtout pas que rien n'était réglé, que les peurs et les
hantises de Zoé reviendraient. Tout cela lui importait peu
pour l'instant: Zoé avait retrouvé la tranquillité et elle,
son homme et sa confiance.

— Te rends-tu compte Francine: nous approchons
de Lanoraie! Il y a belle lurette que nous avons dépassé
la sortie de Repentigny! Il faudrait bien faire demi-tour
et penser revenir à la maison.

— Et pourquoi n'irions-nous pas manger au restaurant?

— Pourquoi pas? Je connais même un nouvel endroit tout près de la maison: La Marmite magique!

Quand ils se sont retournés pour se regarder, cette
fois, ce n'est pas le fou rire du début qui est apparu,
mais, dans les yeux, un éclair commun, complice...

— Tu t'es souvenu?

— Un peu en retard, mais je me suis rappelé... de
mon oubli! Il ne faut pas m'en tenir rigueur, madame.
Vous savez: à mon âge, la mémoire a parfois des ratés.

14

À trois heures du matin, le téléphone a retenti
chez les Delcourt. C'est Zoé qui, le premier, a entendu

la sonnerie. Sa première réaction fut de rester couché et de laisser le répondeur enregistrer l'appel. Puis, se ravisant, il se dit que si on téléphonait ainsi en pleine nuit, ce devait être urgent. De toute façon, subir la sonnerie stridente de l'appareil aurait été insupportable et plus stressant que de répondre immédiatement.

— Je suis bien chez monsieur Zoé Delcourt?

— Vous êtes bien chez Zoé Delcourt.

— Bonsoir, monsieur Zoé. Vous me reconnaissez? Je suis André Boisclair.

C'était une jeune voix qu'il n'arrivait pas à identifier.

— André qui?

— André Boisclair. Vous vous souvenez? Je suis un de vos anciens élèves. Le groupe des Punks! Rappelez-vous: monsieur Latreille nous appelait «Ses 15 arcs-en-ciel bébellés».

Ça y était, la lumière s'était faite, il se souvenait maintenant et même avec précision: c'était le plus jeune du groupe tellement silencieux dans la classe et si volubile dans l'auto quand il le ramenait chez lui après le dîner au McDonald.

— Je te reconnais: tu demeures rue Champigny à Repentigny. Mais où es-tu?

— Chez Tim Horton.

— Tu ne m'appelles quand même pas en pleine nuit pour m'annoncer que tu es en train de manger un beigne chez Tim Horton! Te rends-tu compte, André Boisclair, qu'il est 3 h 15 du matin?

— Je m'excuse, monsieur Delcourt! Mais je ne

savais pas qui appeler. Je ne pouvais pas contacter mes amis: ils dorment!

«Ses amis dorment!, pensait Zoé décontenancé. Et moi, qu'est-ce que je faisais!?»

— J'ai songé tout à coup à vous. Je me suis souvenu que la dernière fois qu'on s'était vus, vous m'aviez dit de vous appeler si jamais j'avais besoin de vous. Mon père m'a mis dehors, monsieur Delcourt!

— Ton père t'a mis dehors, en pleine nuit!

— C'est arrivé il y a deux jours. En fait, ce n'est pas lui qui m'a chassé. C'est sa nouvelle blonde. Depuis deux jours et deux nuits, je me promène un peu partout! Je peux-tu aller dormir chez vous? Juste une nuit, je vous le promets: juste une nuit! Je suis fatigué, monsieur Zoé!

«Si tu as besoin de moi, appelle-moi.» Il ne mentait pas: Zoé se rappelait lui avoir fait cette invitation. Il le trouvait si fragile! Des images lui revenaient, il réentendait certaines confidences qu'il lui livrait dans l'auto par bribes échevelées, ponctuées de longs silences... De sa mère qui était morte un an plus tôt, emportée par une leucémie à 38 ans... de son père qui ne s'en remettait pas... de l'école qu'il avait quittée parce qu'elle ne lui servait plus à rien... des frères et des sœurs qu'il aurait aimé avoir... de sa mère à qui il pensait souvent... de ses 16 ans qui n'étaient pas comme il les avait imaginés... de l'ennui qu'il avait à passer de longues soirées seul à la maison... du groupe de Punks qu'il avait rencontré par hasard une nuit d'escapade.. du trop-plein de solitude... du nouveau style et du nouveau look qu'il s'était donnés depuis et qui lui plaisait beaucoup... d'avoir souvent la tête mêlée et le cœur à l'envers... des trop nombreuses «mères» que son père amenait souvent à la maison et qu'il détestait toutes... du goût de l'école qui lui était revenu récemment...

— Êtes-vous toujours là, monsieur Zoé?

— Bien oui, André, je suis là. Veux-tu que j'aille te chercher chez Tim Horton?

— Vous voulez que j'aille chez vous, monsieur Delcourt! Ça ne vous dérange pas, j'espère, monsieur Zoé! Vous voulez vraiment que j'aille dormir chez vous! Merci, monsieur Delcourt! Merci, monsieur Zoé! Ne vous dérangez pas. Je sais où vous demeurez. Ça se fait bien à pied! Merci! Merci! J'arrive, monsieur Delcourt!

Des mercis, des «monsieur Delcourt», des «monsieur Zoé», d'autres mercis, d'autres monsieur... qui n'en finissaient plus. Il semblait si content, si heureux, si reconnaissant que Zoé en était resté bouche-bée...

Il n'avait pas hésité une seconde. Sa réponse était venue spontanément. Il n'avait même pas eu le réflexe de consulter Francine. Il savait qu'elle comprendrait. Aussitôt qu'il eut déposé le récepteur, elle s'était contentée de lui dire d'une voix chaleureuse: «Il dormira au sous-sol, il s'y sentira bien.»

En attendant André Boisclair, d'autres images avaient surgi dans l'esprit de Zoé. Que les rappels et les souvenirs lui venaient facilement cette nuit! Que sa mémoire se mettait facilement en branle. On aurait dit d'ailleurs une nouvelle mémoire, récemment inspectée, tout fraîchement huilée, graissée et remise à neuf. Des images plus anciennes cette fois, plus profondément enfouies dans son passé.

Simon, son inséparable copain de classe, que Lucienne et Ferdinand avaient hébergé à la maison pendant un mois. Simon qui traversait l'une de ses nombreuses crises de désœuvrement, d'agressivité et de dégoût de vivre. Lui aussi, comme André Boisclair, avait perdu sa mère jeune. «Ils m'ont sauvé la vie. Sans Ferdinand et Lucienne je serais "out" aujourd'hui. J'avais la batterie à terre. C'est un "tune up" d'un mois qu'ils ont été obligés de me donner pour me mettre sur "le piton". Ferdinand et Lucienne, un père et une mère pour moi! Dis donc, Zoé: c'est peut-être pour ça qu'on s'entend si bien, toi et moi, qu'on n'est pas capables de se lâcher, qu'on est comme deux frères: on a comme pratiquement le même père et la même mère!»

La nuit d'André Boisclair a duré... une semaine! Une semaine à trois! À parler, à discuter, à monologuer, à s'influencer, à se faire initier au hard rock, au folk rock, au rock ordinaire par le spécialiste Boisclair, à louer et à regarder ensemble des films d'amour, de violence, de tendresse. Francine qui sort son violon et qui joue fugues et sonates.

— C'est ben beau ça! C'est qui le gars qui a fait cette musique-là?

— C'est Bach. Jean-Sébastien Bach.

— C'est-y un gars de Repentigny ça?

André Boisclair qui s'improvise conférencier-coiffeur et qui fait voir, démonstration à l'appui, comment on se fait une tête de punk.

— Il me semble que c'est une coiffure qui vous irait bien, monsieur Zoé! Il faudrait que vous l'essayiez un jour!

Zoé qui fait voir l'album de photos de mariage.

— Regarde, Francine, sur la photo de groupe, en haut, on aperçoit le cimetière. Te souviens-tu quand on y était allés un peu avant notre mariage. On ne finissait plus de s'embrasser, puis de rire comme des fous... pour des niaiseries. Je pense que c'était à propos d'un 11 juillet. Et le voilà parti à raconter ses histoires de cimetière, certaines que Francine connaissait, d'autres qu'elle entendait pour la première fois, à parler de Télesphore, de son frère jumeau qui s'appelait comme lui, Zoé, d'Imalda, de Lucienne, à oublier de commenter les photos du mariage.

— C'est vous qu'on voit, ici, madame Delcourt. Ma mère était belle comme vous!

Une nuit qui a duré une semaine, une semaine qui a passé aussi vite qu'une nuit.

Ni Francine ni Zoé n'avaient reparlé de leur longue balade en auto d'une certaine fin d'après-midi.

Ni Zoé ni Francine n'avaient abordé de nouveau le problème qui les avait tant préoccupés l'un et l'autre.

Comme s'il n'existait plus, comme si celui d'André l'avait éclipsé et relégué aux oubliettes.

Comme s'il avait été happé et qu'il avait culbuté et dégringolé dans un immense trou... de mémoire.

* * *

La «nouvelle» avait quitté la maison. Aucune remplaçante n'avait occupé la place vacante. Le père et le fils s'étaient parlé. André Boisclair était retourné vivre chez lui.

— Il y a longtemps que je voulais vous le dire, monsieur Delcourt: j'ai réussi mon examen du ministère en français. Celui de maths aussi. Avant de partir, je voudrais aussi vous remercier, madame Francine et monsieur Zoé, pour tout ce que vous avez fait pour moi. Je sais que je ne l'oublierai jamais!

15

Le 9 décembre 1994 (à ma table de travail, à la maison).

Il est 20 h 15.

Je n'ai pas retrouvé les livres de... J'ai oublié son nom. Je devrais le savoir: il était un de mes élèves l'an dernier. Non, c'est cette année. Je ne sais plus. Ce n'est pas important. Je suis vidé aujourd'hui. Quand je suis dans cet état, j'ai plus de difficulté à trouver le nom des personnes, des choses et des événements. Ce fut une journée difficile en classe: j'ai dû donner mes cours sans mes lunettes. Je les ai récupérées tantôt. Elles étaient dans une armoire près de ma table de travail. Quelle idée de ranger des lunettes dans une armoire! Je me demande bien qui a pu les placer là. Ce n'est sûrement pas moi: mes lunettes me sont trop nécessaires pour les abandonner dans un endroit semblable! Francine aurait pu me le dire ce matin dans l'auto que je ne les avais pas. Ah! puis, j'y pense: je n'ai pas voyagé avec elle aujourd'hui! Mais le conducteur de l'autobus!... Non! Il ne peut pas savoir que j'ai l'habitude d'en porter. Jocelyn Leroux, lui, il ne s'est pas gêné pour me le dire devant tous les élèves quand je suis arrivé en classe: «Aie, monsieur Delcourt, vous n'avez pas vos lunettes, vous les avez-tu cassées?» «Vous les avez-tu!» Et puis merde pour les «vous les avez-tu» et pour mes lunettes! Il y a des priorités plus importantes dans la vie que de me casser la tête avec des lunettes. Comme de retrouver, par exemple, les feuilles où sont inscrits tous les résultats d'examens de mes élèves depuis deux mois. Comment vais-je réussir à terminer mes bulletins? Et je dois les remettre au plus tard d'ici trois jours!

* * *

Le 14 décembre 1994 (à ma table de travail, à la maison).

Il est 20 h 30.

Francine a trouvé les livres que je cherchais: ils étaient dans le garde-manger. Mes lunettes dans l'armoire, des livres dans le garde-manger! Ce petit sourire narquois aussi qu'elle avait hier quand elle m'a demandé ce que je cherchais dans le congélateur. Au lieu de lui répondre que c'était du poisson pour le souper, j'aurais bien pu ne pas me taire et lui dire la vérité: je vérifiais si elle n'y avait pas caché la lettre de Simon!

Il faudrait peut-être que je m'achète des cadenas. Je suis sûr que les professeurs qui partagent mon local à l'école fouillent dans les tiroirs de mon bureau! J'ai surpris Carole l'autre jour qui se servait de mon liquide correcteur. Elle a rougi quand à brûle-pourpoint je lui ai demandé si c'était elle qui avait pris les résultats scolaires de mes élèves! Plus j'y pense, plus je crois que c'est une bonne décision: des cadenas partout, un pour chacun des tiroirs de ma table de travail, à l'école, et un à la porte de mon bureau au sous-sol de notre maison. Avec tout ce qui disparaît, j'ai peur que Francine vole mon grand cahier noir dans lequel est écrit mon roman. Personne ne doit lire mon roman tant qu'il ne sera pas terminé! Même Francine! Surtout Francine!

Hier, j'ai failli arrêter au cimetière pour rendre visite à Télesphore. Je pense souvent à lui depuis quelque temps. À lui et à son frère jumeau. Je me demande pourquoi Télesphore avait traversé la rue sans regarder ce jour-là.

Je ne sais pas quel titre donner à mon roman. Peut-être: «Je me souviens». Oui... non... je ne sais pas! Il me semble que quelqu'un a déjà utilisé ce titre. Mais je n'en suis pas certain. C'est flou. Tout est vague dans ma tête. Je suis crevé. Hier, j'étais vidé, aujourd'hui, je suis crevé! Les journées se suivent et se ressemblent. J'ai mal à la tête aussi. J'ai souvent mal à la tête.

L'autre jour, j'ai commis une erreur: au lieu de dire au pharmacien que j'avais mal à la tête je lui ai dit que j'avais mal à la mémoire. Il m'a vendu des Tylenol et m'a dit en souriant que c'était efficace pour l'un comme pour l'autre. On dirait que tout le monde est porté à sourire ou à rire quand je parle. Francine, Carole, le pharmacien... Je ne trouve pourtant rien de drôle à ce que je dis. Et moi, je n'ai pas envie de sourire ou de rire. Télesphore a sûrement eu une distraction. On ne traverse pas la rue sans regarder. Surtout à son âge. Quand on est vieux, on est prudent. Et on n'a pas besoin d'un

*Ferdinand ou d'une Lucienne pour se faire dire de re-
garder plusieurs fois des deux côtés avant de traverser la
rue.*

*Mes élèves aussi rient pour des riens. Des élèves
ça rit toujours pour des riens. Tous les élèves du monde
rient pour des riens! Mais ces temps-ci, mes élèves rient
encore plus souvent qu'à l'habitude pour des riens! L'autre
jour, c'est tout juste s'ils n'ont pas grimpé aux murs parce
que je m'étais trompé en disant «accent» alors que je
voulais dire «absent», «folle» pour «vol» et «sexe» pour
«six». À quoi pouvait bien penser Télesphore quand il
traversait la rue cette fois-là? Quand on traverse la rue,
il me semble qu'on ne pense qu'à traverser la rue. C'est
la logique même. N'est-ce pas? On n'a pas à réfléchir à
autre chose.*

* * *

*Je ne sais pas la date d'aujourd'hui. Je crois que
c'est un mercredi. Il pleut, non je pense qu'il neige. C'est
la première fois que j'écris installé à une table, au restaurant. Maintenant, j'apporte mon «cahier personnel» partout
où je vais. Avec tout ce qu'on me vole à l'école et ailleurs,
c'est plus prudent. J'ai bien fait aussi de cacher mon
roman, surtout depuis que j'ai été obligé d'enlever le cadenas à la porte de mon bureau, à la maison. Francine
a dit que c'était plus sécuritaire sans cadenas. Il me semble
que c'est le contraire: un cadenas c'est fait pour assurer
la sécurité. Sans cadenas, on se fait tout voler. C'est un
beau restaurant ici. Il se nomme La Marmite magique.
C'est la première fois que j'y viens. C'est dommage que
ce soit si loin de Repentigny. J'aurais pu y inviter Ferdinand.*

Il aime tellement manger au restaurant. Devant, il y a une grande rue où circulent beaucoup d'autos. Ce doit être une rue achalandée comme celle-là que Télesphore a traversée avec sa distraction dans la tête. Francine me pose beaucoup de questions: si je me sens bien, si j'ai bien dormi, si j'ai pensé apporter mes lunettes, mes crayons, mes livres. On dirait qu'elle me prend pour un enfant. Ce n'est pas parce que j'ai oublié de mettre ma cravate une fois, qu'elle doit vérifier tous les matins si j'ai bien mis une chemise! Elle m'a aussi dit que nous nous étions juré de nous en parler si jamais le problème réapparaissait. Je ne sais même pas de quel problème elle parle. Par chance, depuis quelques jours, elle a cessé d'y faire allusion. Elle m'a souligné que puisque je lui avais dit que «ce n'était pas le moment» elle respecterait l'entente. Quelle entente? Juré, problème, entente! Je trouve Francine bizarre depuis quelque temps. Il a sûrement entendu la dame crier sur le trottoir puisque immédiatement après son cri, il s'est retourné vers l'auto qui venait vers lui. Pourquoi n'a-t-il pas couru pour l'éviter? Il pouvait peut-être avoir mal aux jambes. Quand on est vieux, on a mal partout. Il pouvait donc avoir mal aux jambes. Je ne sais pas comment retourner à la maison. Quel chemin ai-je emprunté pour aboutir à cet endroit?... J'ai pris un autobus... non, je crois que c'est deux... J'ai marché beaucoup... et pour me reposer, je suis arrêté ici... Le restaurant est situé rue Notre-Dame... Celle que Télesphore a traversée s'appelait aussi la rue Notre-Dame. Il y a des rues Notre-Dame dans toutes les villes, mais celle que Télesphore a traversée c'est la rue Notre-Dame de Repentigny. Si Télesphore n'a pas couru, c'est possible qu'il n'ait pas vu l'auto, qu'il ait été aveuglé par le soleil ou que ses yeux n'aient pas été en bon état cette journée-là.

16

Deux semaines après le départ d'André Boisclair, les événements se sont précipités chez les Delcourt.

Le mal, pendant un certain temps, s'était fait moins visible, moins bruyant, plus discret, plus anonyme et pouvait ainsi poursuivre son chemin et s'infiltrer dans tous les pores de l'esprit, sûr de ne pas y être reconnu, dérangé ou délogé, occupé qu'on était à se distraire, à s'étourdir, à s'engourdir. Mal insidieux, perfide, tenace, opiniâtre, insatiable.

Zoé s'était mis à oublier comme jamais auparavant: crayons, clés, agenda, porte-documents. Parfois, les quatre le même jour! Il avait laissé sa carte de crédit au restaurant, celle de l'assurance-santé à la clinique, son porte-monnaie au guichet d'un théâtre. Une fois rendu à la ferronnerie, chez le pâtissier, à la pharmacie, il ne se souvenait plus de ce qu'il était venu y chercher. Un matin, il s'apprêtait à partir pour l'école quand Francine lui avait fait remarquer qu'il avait omis de mettre une chemise sous son veston. Il égarait tout ou plaçait des objets dans des endroits les plus insolites. Francine avait retrouvé les livres empruntés à l'élève Lizotte dans le garde-manger, la lettre de Simon dans l'armoire de la cuisine dissimulée au-dessous d'une pile d'assiettes.

Il était devenu irascible et méfiant. Se justifiait,

pointait du doigt, accusait. Il n'oubliait pas! C'était les autres qui déplaçaient ses choses, qui les lui empruntaient sans sa permission, qui les lui volaient même! Il soupçonnait sa consœur de travail d'avoir égaré les résultats scolaires de ses élèves, Francine, d'avoir perdu la lettre de Simon. Pour protéger ses biens, il avait installé des cadenas partout.

En classe, il était méconnaissable. Au milieu d'une explication, il s'arrêtait parfois brusquement ou passait subitement à une autre activité ne sachant plus où il en était rendu. Il confondait les mots, les employant à tort et à mauvais escient, entremêlait les règles de grammaire. Les participes passés conjugués avec l'auxiliaire avoir s'accordaient désormais avec le sujet, à la condition que celui-ci soit multiplié et qu'il termine le nombre, les adjectifs de couleur ne variaient que s'ils étaient suivis d'un mot commençant par un h aspiré! En même temps qu'il se rendait compte de ses impairs, il refusait carrément de les admettre, alléguant que ses élèves riaient pour des riens, qu'ils ne pensaient qu'à s'amuser, que les élèves d'aujourd'hui n'étaient plus ce qu'ils étaient. Ses maladresses et ses bévues se multipliant, il fut bien obligé de reconnaître ses erreurs et ses faiblesses. Il en vint à ne plus oser écrire au tableau, de peur de commettre des fautes, ou expliquer ou donner des cours de crainte de s'embourber, se contentant de laisser les élèves s'adonner individuellement à des travaux et à des exercices.

Francine s'inquiétait. Zoé agissait de plus en plus souvent de façon bizarre. Il l'interrompait au milieu d'une conversation pour parler d'un de ses anciens élèves, puis il s'excusait et paraissait incapable de se souvenir de la

conversation en cours. À propos de tout, il faisait allusion à Télesphore, à Lucienne, même à Imalda, mais le
plus souvent à Télesphore. Il y avait eu l'affaire de la
chemise, du cadenas, de la lettre de Simon dans l'armoire
et des livres dans le garde-manger. Il y avait eu récemment cet événement où, pendant un repas, elle lui avait
demandé s'il prendrait du dessert. Il lui avait répondu:
«C'est peut-être parce qu'il avait été aveuglé par le soleil
ou que ses yeux...» Il s'était brusquement arrêté et avait
répondu qu'il ne mangerait pas de potage! Ou cette fin
d'après-midi où il lui avait téléphoné du restaurant, La
Marmite magique, situé à deux rues de la maison pour
qu'elle vienne le chercher en auto, invoquant qu'il était
trop fatigué pour marcher.

Zoé avait des problèmes graves. Mais il refusait
de les aborder. À plusieurs reprises, elle avait essayé de
lui en parler, mais il lui avait servi le classique «ce n'est
pas le moment», puis avait ri d'une façon inhabituelle et
quitté la table en disant d'un ton indifférent: «Quel problème, quelle entente»?

Épuisée, tourmentée, Francine décida qu'il était urgent qu'elle consulte un psychologue et qu'elle y amène
Zoé, que ce soit le moment ou pas.

Mais il était déjà trop tard!

Ce soir-là, il était 20 h 30 et Zoé n'était pas rentré.
Il avait pourtant dit qu'il arriverait pour le souper, à 18 h.

À 21 h, Francine appela tour à tour Simon et
Ferdinand, prétextant qu'elle voulait parler à Zoé, in-
ventant qu'il devait arrêter chez l'un et chez l'autre au
cours de la soirée. Zoé ne s'y trouvait pas. Pas plus au
restaurant La Marmite magique, chez un copain de tra-

vail qui habitait Repentigny, ou encore chez André Boisclair qui était à la fois étonné de recevoir un appel de «madame Francine» et heureux d'avoir de ses nouvelles. «Dites à monsieur Zoé que je commence le cégep en janvier et merci encore une fois pour tout ce que vous avez fait pour moi!»

À 22 h 30, la sonnerie du téléphone retentit. Francine s'y précipita et eut toutes les difficultés du monde à se composer un «allô» calme et posé.

— Vous êtes madame Francine Delcourt? Je m'excuse d'appeler si tard! Je suis Denis Brodeur. J'enseigne à la même école que votre mari. Est-ce que je pourrais lui parler?

Sans savoir pourquoi, spontanément, elle répondit:

— Zoé dort et, à moins que ce soit très urgent, si ça ne vous offusque pas, je préférerais ne pas le réveiller.

— Ce n'est rien d'urgent. Je voulais simplement prendre de ses nouvelles. En fait, je suis bien content de savoir qu'il se repose. Quand je l'ai quitté cet après-midi, il avait l'air tellement fatigué. Je ne lui avais jamais vu les traits aussi tirés.

— Il est en effet arrivé très fatigué. Vous a-t-il parlé? Vous a-t-il dit où il allait?

Au moment même où elle les formula, Francine jugea insensées et déplacées ces deux questions. Comme toute cette conversation qu'elle poursuivait et qu'elle alimentait de faussetés et de mensonges. Elle avait l'impression que la maîtrise de ses paroles et de ses gestes lui échappait.

— Nous avons parlé de choses anodines, d'école, de travail, d'élèves quoique j'ai trouvé un peu bizarre la réponse qu'il m'a faite quand je lui ai souhaité avant de le quitter: «Salut, Zoé. Repose-toi bien! Fais attention à toi!» Il m'a alors dit: «Tu as bien raison: c'est important de faire attention à soi surtout quand on traverse la rue et qu'on est aveuglé par le soleil ou qu'on a des yeux qui ne sont pas dans un bon état.» Puis, il est parti. Ah! je suis vraiment content, madame, de savoir qu'il se repose! C'est heureux que les vacances de Noël soient là: elles vont lui faire du bien. Je ne veux pas vous déranger plus longtemps, madame Delcourt.

— Merci d'avoir appelé, monsieur. Je le dirai à Zoé. Ça lui fera plaisir.

Francine était livide, elle pensa défaillir. «Qu'on est aveuglé par le soleil ou qu'on a des yeux qui ne sont pas dans un bon état...» Elle essaya de se rappeler où elle avait entendu cette phrase ou une partie de cette phrase. Brusquement, elle s'exclama: «C'est Zoé qui me l'a dite!» Cette découverte ne la rassura pas. Bien au contraire!

Elle en était maintenant certaine: il était arrivé quelque chose de grave à Zoé! Elle enfila son manteau, prit ses clés. Pendant une heure, elle fit le tour des rues de Repentigny, brûlant un feu rouge, oubliant un arrêt. Elle faillit même heurter une autre voiture, ne s'étant pas rendu compte que la chaussée était devenue glissante à cause de la neige qui tombait. Elle pensait même retourner à Montréal, sillonner les rues autour de l'école où travaillait Zoé. Devant la stupidité de son projet, elle se ravisa et revint à la maison complètement exténuée.

«Où est Zoé? Qu'est-ce qui lui est arrivé?» Elle s'aperçut qu'elle avait crié ces deux phrases à tue-tête dans la maison vide.

Il était deux heures du matin. Elle avait épuisé toutes les avenues possibles. Il ne lui en restait qu'une: appeler le 911. Mais avant même d'avoir fini de le composer, elle raccrocha.

Ses nerfs allaient craquer, la tête lui éclater!

Elle ne pouvait plus supporter son angoisse. «Zoé est mort! Zoé est mort!» En répétant cette phrase sans arrêt de façon insensée et au milieu de son délire, la réponse, qu'elle cherchait depuis si longtemps, apparut comme un éclair: Zoé n'était pas mort, Zoé était avec les morts, avec ses morts. Zoé était au cimetière!

Ces derniers temps, il faisait souvent allusion à Imalda, à Lucienne, à Télesphore. Et ses promenades récentes avec Ferdinand qui aboutissaient presque toujours au cimetière de Repentigny! Et il y avait cette phrase bizarre au sujet des derniers moments de vie de Télesphore, «peut-être a-t-il été aveuglé par le soleil ou que ses yeux n'étaient pas dans un bon état»... Et cette autre non moins énigmatique: «L'hiver qui s'en vient et mes deux tourtereaux qui sont toujours dans le cimetière.» Le cimetière!!! «Comment n'y ai-je pas pensé avant?»

Le tableau que Francine vit en y arrivant la laissa pantoise: Zoé se promenait autour du monument de Télesphore, absorbé par les paroles qu'il prononçait et dont à distance elle n'arrivait pas à saisir le contenu. En s'approchant lentement, elle vit, un peu partout, tracés dans la neige fraîche d'innombrables chiffres 11 et entendit Zoé qui répétait inlassablement comme une incantation: «C'est à votre tour, mes trois amis, à vous faire parler d'amour! C'est à votre tour, mes trois amis, à vous laisser parler d'amour!» Quand il l'aperçut, il ne parut ni apeuré ni surpris et lui dit:

— Venez! Venez! madame, ne pleurez pas, n'ayez pas peur, ils ne vous feront pas de mal, approchez que je vous présente à mes amis: «les deux tourtereaux» et mon parrain, Télesphore.

Les chiffres 11, «les deux tourtereaux», qu'importait à Francine de ne pas comprendre, absorbée qu'elle était par l'immense compassion qui l'avait tout à coup saisie en voyant son Zoé, l'œil et le visage illuminés, pataugeant dans la neige et qui l'appelait «madame». Avec une infinie tendresse, elle le prit par le bras et lui dit doucement:

— Zoé, c'est moi, Francine! Tu me reconnais, Zoé!

— Bien sûr que je vous reconnais, madame!

— C'est moi, Francine, ta femme!

— Je suis content que vous soyez venue, madame Francine. Je suis content que vous soyez venue rencontrer mes amis. N'ayez pas peur! Ne pleurez pas! Ils ne vous feront pas de mal!

Doucement, lentement, elle l'amena hors du cimetière. Il n'offrit aucune résistance et se laissa conduire et guider docilement comme un enfant, mais tout juste avant de franchir la porte, il se retourna une dernière fois en disant: «Je ne vous abandonnerai pas, mes amis! Je ne vous abandonnerai pas!»

Troisième partie

1

Deux mois s'étaient écoulés depuis l'incident du cimetière.

Zoé avait été examiné par son ami, Pierre Fortin, médecin de la famille et, sous sa recommandation, par un neurologue. C'était indéniable: Zoé souffrait de la maladie d'Alzheimer. L'Alzheimer précoce.

Zoé avait 57 ans et, habituellement, cette maladie s'attaquait aux gens plus âgés, ceux de 70 ans et plus. C'était de ce mal dont avaient souffert sa mère, Lucienne, et aussi le grand-père de son ancien élève Lizotte dont l'exposé oral l'avait tellement bouleversé.

Zoé avait attrapé «le cancer» des vieux. Il était un vieux avant l'âge. Un vieux précoce... comme sa maladie! Lui qui n'avait jamais eu hâte de vieillir, qui avait eu de la difficulté à quitter ses 14 ans, puis ses 16 ans. «Déjà», c'est tout ce qu'il avait trouvé à dire le jour de ses 20 ans! Il n'avait jamais aimé vieillir, encore moins depuis qu'il vieillissait vraiment. Ce n'était pas par crainte que son corps change, qu'il s'assèche, qu'il plisse, qu'il enlaidisse et qu'il ne puisse plus répondre à ce qu'il lui demandait. Ce n'était pas pour ces raisons. Tout simplement, il n'avait pas hâte d'être vieux. Tout simplement, il n'aimait pas les vieux. Une irritabilité qui s'était développée ces dernières années. Tout ce qu'ils faisaient l'exaspérait: leur présence envahissante dans les musées, dans les centres commerciaux, dans les pharmacies, sur les pistes cyclables, sur les routes; leurs passe-droits, leurs privilèges, leurs revendications; leur lenteur, leurs chuchotements au cinéma, leurs toussotements au théâtre, leurs bonbons durs qu'ils développaient et suçaient bruyamment au concert. Zoé l'accommodant qui était devenu si tranchant, si irascible, si impatient! On aurait dit le «parce que» intraitable de Télesphore.

Pourtant, il s'était beaucoup occupé de la vieillesse accaparante de Lucienne. Avec patience, avec tendresse, avec compassion. L'âge avancé de son père ne le rebutait pas non plus; il recherchait même sa présence, son humour et ses conseils. Et Zoé avait été le seul enfant à approcher son grand-père Télesphore, à monter sur ses genoux et à prendre plaisir à se lover dans ses bras et à caresser sa vieille barbe hirsute.

Une antipathie singulière, une intolérance sans fondement profond, émotive comme le sont souvent les intolérances.

Et s'il se refusait à penser à la retraite, c'est qu'elle était synonyme de vieillesse. Certes, celle de Simon l'avait ébranlé, mais il s'était vite ressaisi. La perspective des «join the Gang», des Club de retraités, des «rabais pour les aînés», des «La Floride vous attend, venez visiter nos magnifiques parcs de roulottes!», des «Et puis, comment va notre retraité?», des «Est-ce que notre petit monsieur va prendre le spécial du jour?», l'agaçait et l'horripilait.

Après l'incident du cimetière, Zoé n'était pas retourné à l'école. Ni pour rencontrer son directeur, ni pour saluer ses confrères et ses consœurs, ni pour revoir une

126

dernière fois ses élèves, ni pour reprendre ses livres et ses notes. Francine s'était occupée de tout.

«Zoé est épuisé, il a besoin d'un long repos», s'était-elle contentée de dire.

Elle fit aussi pour Zoé les démarches de congé de maladie et de... demande de retraite!

Deux mois s'étaient écoulés depuis l'incident du cimetière.

Zoé était maintenant installé dans sa nouvelle vie, dans sa nouvelle tête. Il ne savait pas trop ce qui s'y passait. Il ne savait pas s'il se sentait bien ou mal. Il vivait dans une grande maison qui lui paraissait familière, mais il n'aurait pu jurer de rien. Souvent, des gens venaient le visiter, des gens qu'il n'avait jamais vus, qu'il ne connaissait pas et qui l'appelaient Zoé. Il souriait chaque fois qu'il entendait ce prénom qui lui semblait si bizarre, si étrange et si drôle qu'il lui arrivait, parfois, de le répéter à plusieurs reprises dans sa tête ou à haute voix et de rire sans arrêt devant tout le monde.

Il trouvait gentils tous ces étrangers, surtout cette dame qui ne le quittait jamais, même le soir, même la nuit.

Il n'avait pas reparlé du cimetière, de ses amis de travail, de Simon, de Ferdinand, de ses enfants, de personne. En fait, il n'avait reparlé de rien de tout ce qui l'intéressait et le préoccupait auparavant. D'ailleurs, il parlait peu. Il préférait écouter la dame ou les émissions de télévision. Mais davantage la dame parce qu'elle avait une voix agréable et qu'elle parlait très lentement.

Il lui arrivait aussi de pleurer. Alors, la dame le

consolait en lui caressant les mains, le front, les joues, essuyant doucement avec ses doigts ses larmes chaudes. Il arrivait parfois, que la dame pleurât aussi en même temps que lui. Alors, il la consolait à son tour en lui caressant les mains, le front, les joues...

On aurait dit qu'avec le temps il prenait un certain plaisir à pleurer et à voir pleurer la dame, mais il était incapable de s'expliquer pourquoi.

2

Zoé ne m'a même pas reconnu! Y a même eu peur de moi. Depuis le temps qui me connaît, il devrait le savoir que je parle et que je ris toujours fort. Y a même pas trouvé mes *jokes* drôles! Qu'est-ce qu'elle a pensé aussi Francine de le laisser s'habiller comme ça? Deux chandails du Canadien à manches longues, des culottes courtes brunes, des petits bas blancs, pis ses gros souliers noirs gommés. Même Oncle Georges n'oserait pas s'atriquer comme ça! C'est quoi ça: Zoé avec deux chandails du Canadien! Tout le monde le sait: Zoé pis le sport, ça jamais fait un gros team...! C'est juste si yé capable de distinguer un *puck* d'une balle de baseball!

— Bonjour, monsieur!

— J'sus pas monsieur, j'sus Simon! Simon ton meilleur chum, ton presque frère. Zoé, sacrament, arrête de niaiser!

Y voulait même pas que je l'approche. Il s'est mis à crier comme un perdu quand j'ai voulu le serrer dans mes bras, comme si j'sentais mauvais, comme si j'avais la lèpre ou le sida.

— Tu aurais dû avertir, Simon, avant de venir.

Depuis quand j'suis obligé d'avertir mon meilleur chum quand j'veux le voir. «Pour n'importe quoi, n'importe quand, n'importe où!» C'est notre pacte depuis qu'on a dix ans. Avertir quand j'ai besoin d'aller voir mon chum malade! Jamais! C'est-y assez clair! Quand ton chum est malade, t'es malade toé aussi. T'as pas besoin d'avoir suivi un cours en relations humaines pour savoir ça! T'as pas besoin de consulter un psychologue ou un psychiatre pour comprendre ça. T'as juste à avoir déjà eu un chum, t'as juste à avoir un chum malade... Ça faisait quatre jours que j'tenais pu en place, ça faisait trois fois que j'venais rôder autour de sa maison.

— Tu aurais dû avertir, Simon, avant de venir.

La fois que j'l'avais appelé au téléphone de Las Vegas à trois heures du matin parce qu'y me restait pu une cent pour finir de noyer ma dernière peine d'amour, j'l'avais pas averti d'avance. C'est Francine qui avait répondu, j'm'en souviens. À m'a pas dit: «Tu aurais dû avertir, Simon, avant d'appeler!»

Pis la fois que Zoé était venu me déranger en pleine classe, parce qui fallait qui me voit tout de suite, que ça pouvait pas attendre, que ça pressait, qui fallait qui me dise qui voulait abandonner l'enseignement. Zoé le passionné, le mordu, le fou «de l'école», lui qui m'a mis sur la *map* en me faisant devenir prof! Lui, *foxer* l'école, lui, un «drop out» de l'enseignement! Voyons donc! On n'est quand même pas écœuré après dix ans. Surtout pas en pleine gloire, surtout pas quand on est «le King». J'ai pas hésité une seconde, j'me suis fait remplacer, pis, on est allés à la taverne. «Pour n'importe quoi, n'importe où, n'importe quand!» C'est ça l'amitié. Une amitié comme la nôtre, c'est pas rien, c'est pas de la marde! C'est pas de la marde qu'on peut *flusher* comme ça.

L'école lui sortait par les oreilles. Pis les ti-culs aussi. Les mêmes règles qu'il leur répétait, les mêmes fautes qui revenaient tout le temps, la correction qui en finissait pu. Tout y passait: leurs devoirs pas faits, leurs leçons pas apprises, leurs examens *foqués*, leur manque de concentration, leur cervelle d'oiseau, leur air bête le matin, leur face de bœuf, l'après-midi, leurs bouderies, leurs *downs*, toute la litanie y'est passée; leurs ongles crottés, leurs grands cheveux graisseux, leur transpiration, leur haleine. «Je n'ai pas bûché trois ans à l'université, en lettres, que tu m'avais dit, pour perdre mon temps dans une petite école crasseuse de quartier avec des abrutis qui ne veulent rien savoir de rien. Je n'ai plus le temps de lire, d'aller au concert, au cinéma ou au théâtre. Te rends-tu compte, Simon, depuis quatre mois, je n'ai même pas écrit une seule ligne de mon roman.»

Deux heures *right through*! Tu t'en souviens, Zoé. J'avais même pas eu le temps de placer un mot. Quand t'as eu fini de vider ton sac, y'avait eu un long silence. T'avais commandé une troisième bière. (Deux ç'avait toujours été ton top!) Pis on s'était regardés, pis on avait pouffé de rire.

Tu t'souviens, Zoé. Nos brassages de peines finissaient toujours comme ça. Le lendemain, t'étais retourné en classe. T'étais déjà repompé. T'as pu jamais parlé de laisser l'école.

C'est de tout ça dont j'voulais te parler, Zoé, quand j'suis allé te voir à la maison.

J'voulais pas te faire peur.

J'suis sûr que ces souvenirs-là t'es as pas oubliés. J'suis sûr qui sont à quelque part dans le fond de toi. Et j'suis sûr qu'ensemble on les aurait retrouvés.

C'est pour ça que j'étais allé te voir... pour qu'on les retrouve ensemble. J'avais apporté ma grosse *flash-light* à six batteries. Tu t'souviens, Zoé, comme ça te faisait rire quand j'la sortais pour «débusquer» des problèmes qui s'étaient mieux cachés que d'autres.

«Débusquer», c'est un mot de toi, Zoé. Un des mots que tu m'as appris.

J'voulais pas te faire peur, Zoé.

J'avais même amené «tes mots à toi» pour que ça soit plus facile de retrouver tes souvenirs.

Zoé, c'est moi, ton chum Simon.

Zoé, j'voulais pas te faire peur avec mes *jokes*, j'voulais juste t'entendre rire comme avant, j'voulais juste te serrer dans mes bras.

Zoé, sacrament, laisse-moi pas tout seul.

J'sus en train de virer fou!

3

Ce serait mentir que de dire qu'elle n'avait pas ressenti un choc brutal cette nuit-là quand elle l'avait aperçu dans le cimetière.

— Ne pleurez pas, n'ayez pas peur, madame.

Mais le choc avait rapidement fait place à l'émotion. Une émotion unique, confuse, difficile à maîtriser, à identifier. On aurait dit qu'elle avait le cœur en désordre comme Zoé avait, lui, la tête pêle-mêle.

Des larmes lui coulaient sur les joues, des larmes soupapes, mi-tristes, mi-douces.

C'était un spectacle accablant.

Elle n'avait pas prévu ce scénario. Pourtant, de tous ceux qu'elle avait imaginé, celui-ci était presque un soulagement. Presque un cadeau. Un bonheur même: Zoé était vivant! À ce premier apaisement en avait succédé un autre, celui de son esprit. Toutes ses suppositions et toutes ses interrogations, si longtemps restées en suspens dans sa tête à propos des attitudes de plus en plus bizarres de Zoé, obtenaient enfin leur réponse.

Elle était passée de la douleur à la tristesse, à la compassion: Zoé avait besoin d'aide... et elle était là!

— Approchez, madame. Ce sont mes amis. Venez les saluer.

Elle s'était approchée. Elle avait salué à tour de rôle chacun de ses amis imaginaires. Elle était enfin détendue. Elle avait retrouvé le calme et le bonheur: Zoé était devant elle. Elle ne se demandait même pas quelle sorte de Zoé elle avait retrouvé. L'amour ne se pose pas ce genre de question.

Il s'était écoulé deux mois depuis cet événement. La vie avait repris son cours. Francine n'avait pas trouvé fastidieuses toutes les démarches qu'avait impliquées le nouvel état de Zoé et la prise en main de la bonne marche de la maison. L'énergie, l'habileté à gérer un budget lui étaient venues tout naturellement. Une sorte d'état de grâce qui accompagne souvent les épreuves, comme si le malheur voulait se faire pardonner son irruption importune et intempestive.

Elle parlait peu de la maladie de Zoé avec son entourage. Elle ne s'était pas inscrite non plus aux rencontres qu'offrait la société Alzheimer. Leur feuillet (*Une maladie à apprivoiser!*) et les visites régulières avec Zoé chez le neurologue lui suffisaient. Elle n'avait pas honte de la maladie de Zoé et ne refusait pas de la voir et de l'assumer. Tout simplement, elle n'avait ni l'envie ni le goût d'en parler. L'épanchement collectif et les mises en commun du malheur ne lui convenaient pas. Pas plus que la pespective des «Comment va notre malade?» ou des «Pauvre madame, ce ne doit pas être facile pour vous.» Et encore moins les «moi ce que je trouve le plus difficile c'est de voir "le mien" plier et déplier le rebord de son chandail cent fois», ou «ma vieille mère, quand elle était atteinte, n'avait aucune retenue et urinait partout dans la maison». Francine ne sentait pas le besoin d'entendre parler du pire ou du semblable pour relativiser sa propre peine.

Quand Zoé et elle avaient décidé d'unir leur vie, ils n'avaient pas suivi de cours de préparation au mariage pour savoir comment ils devaient s'aimer. Leur amour leur suffisait et l'un et l'autre lui faisaient une entière confiance. Ils avaient eu raison.

Puisque depuis trente ans l'amour s'était adapté à leurs situations de vie, il s'ajusterait bien à celle-ci aussi. Depuis le temps qu'il vivait avec eux, depuis le temps qu'il les connaissait, Francine était persuadée qu'il saurait bien au bon moment lui suggérer les mots, les gestes, les attitudes qui conviendraient.

C'est ainsi que par instinct, elle parlait à Zoé plus lentement, plus doucement qu'auparavant, qu'elle savait écourter les conversations qu'il trouvait trop compliquées et étirer celles qui lui plaisaient et qui le rassuraient, que par intuition elle devinait les moments douloureux où Zoé retrouvait sa lucidité prenant brusquement et crûment conscience de son état déficient.

De drôles de moments que ceux-là: alors qu'elle décuplait sa tendresse pour apaiser la souffrance de Zoé, elle s'abandonnait, en même temps, malgré elle, à sa propre tristesse de le voir ainsi; de drôles de moments que ceux-là parce qu'à la profonde tristesse succédait l'immense plaisir inattendu de constater l'effort de Zoé pour essayer à son tour de la consoler. Certes, Francine n'allait pas jusqu'à penser que, dans ses moments confus et privilégiés, Zoé la reconnaissait. Mais, par intuition de cœur, elle en était venue à croire que c'était par la tendresse qu'ils se rejoignaient le mieux, que celle-ci semblait avoir ce pouvoir de créer entre eux un point de rencontre, une nouvelle connivence.

Une complicité par l'émotion qu'ils avaient toujours eue. Ils avaient l'habitude de pleurer ensemble: au cinéma, au théâtre, ce soir d'hiver de demande en mariage sur le boulevard Métropolitain en pleine tempête de neige, cette nuit d'été où ils avaient fait l'amour pour la première fois...

Et ce pouvoir s'était confirmé cet autre matin de février.

Elle était seule dans sa chambre et avait sorti son

violon. Elle avait commencé à jouer une sonate de Beethoven. Dès les premiers mouvements, Zoé était apparu dans la porte, était entré et s'était assis par terre en disant et répétant sans arrêts: «C'est beau, c'est beau, c'est beau...» Depuis sa maladie, il avait l'habitude de ces redites à propos de tout, mais celle-là était à peine perceptible, enchaînée à mi-ton, comme s'il ne voulait pas déranger la musique, comme s'il avait voulu que son «c'est beau» s'y harmonise et s'y confonde. Tout juste avant que la sonate se termine, il s'était endormi.

Sans même prendre le temps de déposer son violon, sur la pointe des pieds, pour ne pas le réveiller, elle s'était approchée de lui et l'avait embrassé longuement sur la joue.

C'était la première fois qu'elle l'embrassait depuis deux mois.

4

Comme il fallait s'y attendre, la maladie de Zoé avait provoqué un émoi chez tous ceux qui le connaissaient. Avec le temps, il s'était résorbé et tout était rentré dans l'ordre. Le calme, la logique, la sérénité et l'assurance de Francine y étaient sûrement pour beaucoup. Elle avait fait en sorte que la vie continue, qu'une nouvelle vie «normale» prenne la relève de l'ancienne sans trop s'en éloigner. Comme auparavant, ils allaient dans les musées et au concert, au théâtre et au cinéma, surtout quand les pièces et les films n'étaient pas trop longs et les intrigues trop compliquées, et de préférence en matinée pour éviter les foules. Comme avant, ils vaquaient aux travaux ménagers et faisaient de longues promenades. Zoé n'avait pas sa maladie estampillée au front; on ne se retournait pas sur son passage, on n'avait pas de déférence ou d'égards particuliers pour lui. Francine et Zoé ne se distinguaient pas des autres couples qu'ils croisaient. Ils ressemblaient tout simplement à ceux de leur âge qui avaient l'air heureux ensemble.

Les visites à la maison étaient fréquentes. Surtout les premiers mois. Le support, la solidarité, l'altruisme, la sympathie des gens, la générosité naturelle et spontanée qui accompagnent souvent les débuts d'épreuves, surtout quand celles-ci sont inattendues et fulgurantes et qu'elles s'attaquent aux êtres qu'on aime. Des visites détendues qui plaisaient à Zoé et à Francine.

Les gens prévenaient de leur venue. Même leurs enfants, Raymonde et Robert. Cette marque d'attention et de délicatesse convenait à Francine. Elle lui permettait de «préparer» Zoé, compte tenu que tout ce qui dérogeait à ses habitudes l'insécurisait. Tous s'étaient conformés à cette règle et à cette entente tacite. Tous, sauf Simon.

Celui-ci avait l'habitude de venir chez les Delcourt sans avertir.

C'était le meilleur ami de Zoé. En réalité, son seul véritable ami. N'ayant pas de prédispositions naturelles pour les amitiés, Zoé ne les avait jamais recherchées. Il essayait même de les éviter. Était-ce par égocentrisme, par indépendance, par suffisance, par grand besoin de liberté et de solitude, par désir de protéger son intimité? Il n'aurait pu le dire. De toutes façons, il ne s'était jamais questionné à ce propos, les amitiés ne faisant pas partie de ses priorités et de ses préoccupations.

Sa mère Lucienne non plus ne les avait jamais beaucoup courues. L'amitié de Simon suffisait à Zoé et le comblait. Une amitié franche, fidèle, profonde, enracinée. «Pour n'importe quoi, n'importe quand, n'importe où.» Francine connaissait bien le pacte qu'avaient entre eux les deux amis. Aussi solide et indissoluble que le «je trouve que ce n'est pas le moment», leur pacte à eux.

Francine comprenait la venue inopinée de Simon.

Comme elle savait qu'il avait été profondément touché. Non seulement Zoé ne l'avait pas reconnu, mais il avait eu peur et n'avait pas voulu qu'il l'approche. Simon était resté sidéré. Lui qui se sortait facilement de toutes les situations, voilà qu'il était tout à coup paralysé, les yeux incrédules, le visage blême ne réussissant qu'à murmurer d'une voix éteinte... «Zoé!»

Elle s'en voulait du reproche blessant qu'elle lui avait fait. «Tu aurais dû appeler avant de venir!» Son cœur écorché n'avait pas besoin de cette humiliation.

Pourtant, elle connaissait sa sensibilité à fleur de peau. Elle savait bien comment Simon s'était culpabilisé à propos de la maladie de Zoé, comment il s'en voulait de ne pas l'avoir vu venir. Elle savait aussi que Simon avait souffert du mutisme de Zoé à propos des dérapages de sa mémoire, comme s'il ne pouvait plus être un confident valable, comme s'il n'avait plus confiance en lui et en son aide (lui, son ami de toujours), comme si l'entente du «à propos de n'importe quoi, n'importe quand, n'importe où...» avait été brusquement rompue.

Elle savait que Simon était désemparé. Mais elle ne savait pas l'aider. L'appeler? Elle ne trouverait pas les paroles. On aurait dit, depuis la maladie de Zoé, qu'elle n'avait plus d'emprise sur certains mots comme si ceux de compassion, de support ou de confort étaient réservés à Zoé.

La visite de Simon l'avait elle-même un peu bouleversée.

Elle venait de découvrir le «déguisement» de Zoé: gros souliers gommés, bas courts, culottes courtes et deux chandails du Canadien, enfilés l'un sur l'autre. Deux vieux chandails usagés qui dégageaient une forte odeur de sueur, avec cette double inscription au dos, le chiffre 9 et le nom «Maurice Richard».

— Mais veux-tu me dire, Zoé, où tu as pris cet accoutrement?

Simon était apparu à cet instant précis. Bien sûr, la question était restée sans réponse et même quand elle l'avait posée de nouveau à Zoé après le départ de son ami.

En s'interrogeant à propos de Simon, l'énigme de «l'accoutrement» s'était résolue.

Elle se rappela qu'à sa dernière visite, Ferdinand (deux jours avant celle de Simon) était arrivé avec un sac. En quittant la maison, il avait fait allusion (avec un petit sourire malin) à un «petit cadeau» qu'il avait laissé à Zoé.

«Les chandails du Canadien», c'était Ferdinand! Elle n'en doutait pas un instant!

Elle appellerait Ferdinand! Lui, bien mieux qu'elle, trouverait les mots pour consoler Simon et pour lui faire comprendre que son ami ne l'avait pas laissé tomber, que Zoé avait besoin de lui autant qu'auparavant... bien plus même qu'auparavant

5

Ferdinand avait le mieux accepté la maladie de Zoé. Contrairement à plusieurs, son arrivée ne l'avait pas surpris outre mesure, comme si cela allait de soi, que c'était l'aboutissement logique et que toutes ses failles de mémoire antérieures avaient préparé sa venue.

Les oublis de Zoé l'avaient toujours amusé. Pour son plaisir et celui de toute la famille, c'est lui qui, le premier, lors des rencontres des Delcourt, incitait Zoé à raconter ses mésaventures de mémoire et qui s'en moquait sans retenue. Elles ne constituaient pas une tragédie à l'époque. Elles ne l'étaient pas davantage aujourd'hui pour Ferdinand. Si la nouvelle amnésie de Zoé ne le faisait plus rire, du moins elle ne le désemparait pas.

Par tempérament, il avait tendance à ne pas compliquer les choses, à les réduire à leur plus simple expression.

Par exemple, il aurait pu associer l'Alzheimer de Zoé à celui de sa belle Lucienne et laisser son ancienne peine reprendre du service. Cette idée avait bien effleuré son esprit, mais il ne s'y était pas attardé. Pour lui, la comparaison ne tenait pas. Lucienne avait 79 ans, quand elle avait été saisie par «la maladie», tandis que Zoé n'était âgé que de 57 ans. Deux âges, deux maladies différentes. Constat discutable, mais qui le contentait. Et comme on lui avait dit que ce n'était pas une maladie héréditaire, il avait coupé court à tout lien et à tout rapprochement aussi peu sensé qu'inutile.

Il s'arrangeait bien avec la maladie de Zoé, il s'arrangeait bien aussi avec Zoé. Bien sûr, son fils ne l'avait pas reconnu à leur première rencontre, ni à leur seconde et il savait que probablement il ne le reconnaîtrait jamais. «Et puis quoi? C'est normal qu'il ne me reconnaisse pas puisqu'il a perdu la mémoire!»

Il l'amenait souvent faire des promenades dans les rues de Repentigny et, invariablement, ils aboutissaient au cimetière et, invariablement, Zoé s'arrêtait devant la tombe de Télesphore. Il s'attardait parfois à lire les inscriptions sans, évidemment, les comprendre. Un après-midi, il avait même prononcé à voix haute les noms inscrits sur la pierre tombale «Télesphore Delcourt, Zoé Delcourt», et avait répété lentement le prénom Zoé.

Ferdinand avait donné rendez-vous à Simon à La Marmite magique.

— Tu fais peur au monde maintenant, Simon?

— Moi, j'fais peur au monde?

— T'as fait peur à Zoé.

— Qui vous l'a dit?

— C'est Zoé qui m'a appelé expressément pour m'en parler. Il m'a raconté que Frankenstein était venu le voir, qu'il parlait très fort et qu'il voulait sauter sur lui pour le manger!

— Zoé!.. Frankenstein!.. le manger!

— Tu devrais avoir honte, Simon Latreille!

Ferdinand ne pouvait plus se retenir. Il avait laissé débouler son grand rire bruyant, celui-là même qu'il utilisait chaque fois qu'il voulait se moquer des autres ou qu'il était fier d'une blague qui avait eu son effet. Un rire qui faisait succomber même les atmosphères et les situations les plus tendues. Simon n'y avait pas résisté.

— Vous changerez ben jamais, vous!

— Toi non plus tu ne changeras jamais avec ton habitude de toujours me vouvoyer comme si j'étais le pape. Et que t'es lent, mon Simon, et que t'es naïf! Comme il faut t'expliquer longtemps pour que tu comprennes rapidement!

Et de nouveau le fou rire, les poignées de mains répétées, les effusions, les taquineries comme l'auraient fait deux jeunes collégiens, heureux de se retrouver.

— Il paraît, Simon, que Zoé ne t'a pas reconnu.

Ferdinand était le spécialiste du détournement de conversations, du passage brusque du comique au sérieux ou du sérieux au comique. «Ça débalance l'adversaire, disait-il. Tu fais une feinte à gauche et tu le contournes à droite!»

— Il ne m'a pas reconnu non plus. Même Francine, il ne la reconnaît pas! Il ne reconnaît personne. Et il faudrait que toi, Simon Latreille, il te reconnaisse! Pour qui te prends-tu, mon Simon? Réveille-toi: Zoé a l'Alzheimer! Puis un Alzheimer, tu le sais, c'est quelqu'un qui a perdu la mémoire, c'est quelqu'un qui ne reconnaît plus, c'est quelqu'un qui ne se souvient plus!

L'autre jour, on a marché ensemble. On s'est arrêtés au cimetière. On y est sûrement restés une demi-heure. De retour à sa maison, les seules paroles qu'il m'a dites c'est: «La prochaine fois qu'on fera une promenade, monsieur (parce que, moi aussi, son père, il m'appelle, monsieur!), j'aimerais me rendre au cimetière. Ça fait tellement longtemps que j'y suis allé!»

— Ça s'peut pas, Ferdinand!

— C'est comme ça! Je vais t'en raconter une meilleure. Le soir même de ta visite, Zoé a demandé à Francine, pendant le souper: «Pourquoi Simon ne vient jamais me voir?»

— Y'a dit ça! Ça veut dire qui s'souvient de moi.

— Ça veut dire qu'il se souvient du nom Simon, mais ça ne veut pas dire qu'il se souvient de toi. La prochaine fois que tu iras le voir il va encore t'appeler monsieur, et il ne te reconnaîtra pas plus qu'à ta première visite. Mais cette fois-là, si tu ne t'énerves pas et si tu ne fais pas tes sparages, il n'aura pas peur de toi!

— J'aimerais ça qu'on aille le voir ensemble la prochaine fois.

— J'allais justement te le proposer mais, si ça ne te dérange pas, avant d'y aller..., on va prévenir Francine!

— C'est sûrement une bonne idée. Pensez-vous, ajouta Simon avec un sourire de revanche, que ça serait aussi une bonne idée, monsieur, que, pour la circonstance..., j'mette mon chandail du Canadien?

6

Le 24 février 1995.
J'ai décidé d'écrire un journal personnel. Je sais

que Zoé en faisait un. Il n'a jamais voulu que je le lise, mais il m'en parlait souvent. C'est censé être bon pour l'esprit: ça lui permet de rester alerte et de s'exprimer. C'est le neurologue qui m'a dit cela. Je ne suis pas très douée pour l'écriture. Je n'ai pas idée non plus de ce qui s'écrit et de ce qui ne s'écrit pas dans un journal personnel. J'espère que jamais personne ne le lira.

André Boisclair, le jeune que nous avons hébergé quelques jours en décembre, vient souvent nous rendre visite. Il est gentil avec Zoé et trouve amusant qu'il l'interpelle à chaque rencontre par un prénom différent: Pierre, Télesphore, Robert, Simon, mais jamais André. Il ne me pose jamais de questions à propos de la maladie de Zoé. Chaque fois que je lui ouvre la porte pour l'accueillir, il me dit: «Vous êtes toujours aussi belle, madame Delcourt!» Ça me fait du bien de me faire dire que je suis encore belle. Zoé me le disait si souvent! Il lui arrive aussi de m'offrir de s'occuper de Zoé pour me permettre de sortir et de me détendre.

L'autre jour, il a amené à la maison des amis Punks de l'ancienne classe spéciale de Zoé. Au début, ils étaient intimidés et émus et ne savaient quoi dire ou quoi faire. C'est surprenant, mais c'est Zoé qui les a mis à l'aise en s'approchant d'eux pour toucher leurs drôles de vêtements et examiner leurs coupes de cheveux étranges. À leur tour, ils lui ont fait toucher aux anneaux accrochés à leur nez, à leurs oreilles et même à leur nombril. Pendant toute l'heure qu'ils sont restés à la maison, il a presque toujours été question de cheveux, de grosses bottes et de chaînes. Tout le monde riait fort. Zoé plus que les autres. Il y avait longtemps que je l'avais vu ainsi. En quittant *la maison, ils ont demandé s'ils pouvaient revenir.*

* * *

La visite des Punks avait été salutaire pour Francine. Elle était plus tendue et plus fatiguée depuis quelque temps.

Zoé avait toujours eu un sommeil léger. Il se levait la nuit et il lui arrivait souvent de se rendormir sur un divan au salon ou au sous-sol. Elle était habituée à ce va-et-vient et son propre sommeil n'en était pas dérangé. Mais depuis quelque temps, Zoé n'avait plus aucune notion du jour et de la nuit. Il pouvait aussi bien la réveiller à trois heures du matin pour l'inviter à marcher à l'extérieur ou pour la presser de se lever parce que les invités étaient arrivés et qu'ils l'attendaient, impatients, au salon.

Elle constatait aussi que Zoé était plus bizarre qu'à l'accoutumée. Il avait tendance à s'isoler et son choix de prédilection était la salle de bains. Il passait de longs moments à se regarder et à entretenir la conversation avec «la personne» du miroir. Il se sentait en sécurité en sa compagnie: elle parlait lentement, s'ajustait spontanément à son rythme de débit, disait tout ce qu'il voulait entendre et son rire s'accordait au sien. C'était spécifiquement dans celui de la salle de bains que se logeait son ami. Il ne le retrouvait jamais dans les autres miroirs de la maison. «Bonjour et à bientôt», lui disait-il en le quittant. Le «à bientôt» ne tardait pas. Il était à peine sorti de la salle de bains qu'il y revenait et recommençait son manège. Ses séances de dialogue avaient lieu autant la nuit que le jour. Parfois, il chuchotait mais, à d'autres moments, il parlait d'une voix très forte ou s'esclaffait d'un rire sonore qui retentissait dans toute la maison.

Il éprouvait aussi de plus en plus de plaisir à se rendre au cimetière et à s'arrêter devant la tombe de Télesphore et à s'attarder à lire à haute voix les noms des deux jumeaux, Télesphore et Zoé Delcourt.

Il n'y avait pas de lien entre les jumeaux du cimetière et «son jumeau» qui se reflétait dans le miroir puisque, depuis sa maladie, la tête de Zoé ne pouvait plus associer des individus, des situations ou des événements.

Ce qui toutefois était indéniable, c'est que Télesphore occupait beaucoup de place dans l'esprit de Zoé et qu'il lui arrivait même d'appeler Télesphore, l'homme qu'il voyait apparaître dans le miroir de la salle de bains.

7

Le 11 mars 1995.

Le violon a toujours autant d'effet sur Zoé. C'est dans le salon que je préfère jouer. Le sofa est tellement plus confortable quand la musique l'assoupit. Tantôt, le croyant endormi, j'ai décidé de ne pas enchaîner un nouveau mouvement. Il a ouvert les yeux et il m'a dit: «Encore!» Il l'a dit en souriant et ça m'a bouleversée. Je suis touchée chaque fois qu'il fait quelque chose pour moi. Comme quand il me sourit, qu'il place sa main dans la mienne ou qu'il essuie mes larmes. Je ne sais pas si, un jour, il me reconnaîtra ou se souviendra de nous deux.

S'il m'entendait ou s'il me lisait, Zoé dirait sûrement: «On verra, Francine.» C'est une phrase qu'il employait souvent quand j'imaginais des scénarios à propos d'événements futurs sur lesquels je n'avais pas de contrôle. Peut-être que je me fais inutilement de la peine en pensant à des plaisirs qui pourraient être possibles et qui ne se réaliseront peut-être jamais. Je ne pense pas. En réalité, je n'ai pas de peine, je suis seulement émue. «Je t'aime, je t'aime, Zoé!»

Hier, j'ai sorti notre album de photos de mariage et je l'ai laissé sur la table de la cuisine. Il ne l'a pas encore ouvert.

Ferdinand m'a appelé. Il doit venir à la maison en compagnie de Simon samedi prochain pour regarder avec Zoé une partie de hockey. C'est, selon lui, «un match crucial». Il veut aussi que Zoé porte les chandails du Canadien. Encore ces chandails! Je ne comprends pas l'importance que Ferdinand leur accorde. On dirait un retour à l'enfance. Heureusement qu'il a accepté que je les fasse nettoyer.

* * *

Francine aurait dû savoir que ce soir-là le Canadien disputerait sa dernière partie au Forum avant d'emménager au Centre Molson, qu'avant cette joute historique, on rendrait hommage aux grandes vedettes d'hier qui avaient fait la renommée de l'illustre aréna, entre autres, le légendaire Maurice Richard, l'idole des Québécois et de Ferdinand.

Quand, ce soir-là, Francine est descendue au sous-sol, attirée par le brouhaha qu'on y faisait, le spectacle l'a renversée: les trois comparses étaient assis par terre devant l'appareil, chacun ayant revêtu le chandail no 9, applaudissant à tout rompre, en même temps que la foule du Forum, le grand Maurice qui faisait son entrée sur la patinoire. Une ovation monstre qui n'en finissait plus de se gonfler et de s'étirer. Un hommage comme on n'en avait jamais vu, ni entendu, un moment à ce point touchant et bouleversant qu'on ne se résignait pas à y mettre fin. C'est alors que les trois amis, mus par la force de l'émotion, se sont levés d'un bloc et se sont mis à crier à l'unisson des spectateurs du Forum: «Maurice! Maurice! Maurice!...» Des «Maurice» qui se sont répercutés pendant de longues minutes.

Francine s'était assise un peu à l'écart. Elle comprenait vaguement ce qui se passait, mais rapidement l'émotion l'a gagnée, elle aussi... mais pour des raisons bien différentes! Il lui semblait, pour la première fois depuis longtemps, que Zoé était sorti de son monde pour rejoindre la vraie réalité. C'est ainsi que subitement debout, elle aussi, elle applaudissait et criait en saccades... le nom de son Zoé qui se mêlait aux Maurice des trois autres et de ceux de la télévision.

Cette nuit-là, Zoé s'est endormi près d'elle sans avoir enlevé son chandail.

Un sommeil agité, mais continu jusqu'au matin.

Cette nuit-là, Zoé ne s'est pas levé pour rendre visite à son jumeau du miroir. Ni le lendemain, pas plus que les jours suivants.

Cette nuit-là, dans une autre maison, non loin de celle des Delcourt, Simon, lui, est resté éveillé, incapable de faire taire et de calmer son excitation d'avoir retrouvé son ami Zoé.

8

Le 3 mai 1995.
    C'est la première fois que je retournais au cimetière depuis les événements de décembre dernier. Je sais que Zoé y vient souvent avec Ferdinand. J'ai eu un pince-ment au cœur en y entrant et tout le temps que nous nous y sommes promenés, j'ai éprouvé un grand malaise. La hantise qu'un événement malheureux arrive. Pourtant c'était bien différent de l'atmosphère macabre de décembre dernier. C'était le jour, le temps était beau et doux. On aurait dit qu'à tous moments, je craignais que «les amis» de Zoé se manifestent ou, que lisant ma crainte sur mon visage, Zoé me redise «Approchez, madame, n'ayez pas peur!» Il ne s'est pourtant rien produit de particulier. Zoé était détendu. Il ne s'est arrêté à aucun lieu précis. C'est moi qui ai fait un détour pour que nous puissions passer devant les monuments d'Imalda, de Lucienne et de Télesphore. Quand il fut à leur hauteur, il n'a même pas ralenti le pas.

Pourtant, la veille (ce que Francine ne savait pas) il s'était longuement attardé devant la tombe de Télesphore avec Ferdinand. Il avait même fait un geste inhabituel. Alors qu'ils étaient là, tous les deux, immobiles, depuis un certain temps, Zoé avait pris la main de son père, et l'avait longuement et fortement secouée et, quand Ferdinand s'était retourné pour lui demander ce qu'il voulait, Zoé avait murmuré les yeux embués et la voix tremblotante: «Beau Télesphore!»

Le souvenir de la mise en terre de son grand-père profondément enfoui dans sa mémoire et qui, sans avertissement, avait refait surface comme le faisaient, dans sa tête, à l'occasion, d'autres souvenirs du même âge.

9

Le 18 mai 1995.

Je m'étais présentée à l'église au bras de mon père un peu avant 11 h. Zoé m'attendait avec Ferdinand à l'avant de la nef, devant la balustrade, comme le voulait la coutume. Je ne lui avais jamais vu les yeux si pétillants. «Ses beaux yeux d'amour», comme j'ai toujours pris plaisir à les appeler. «Est-ce qu'on peut s'embrasser maintenant, monsieur le curé?», avait-il dit au beau milieu de la cérémonie. Et tout l'auditoire s'était esclaffé. Et moi, j'étais émue comme jamais! Imprévisible Zoé! qui a toujours eu le don des questions qui ne se posent pas. «Est-ce qu'on peut les rapprocher?», avait-il demandé sérieusement, ce soir de première nuit de noces, au propriétaire de l'hôtel qui n'avait qu'une chambre à deux lits. Et parce que Zoé ne parlait pas anglais, c'est moi qui avais répété en rougissant la question saugrenue. «Sure, dear Mam», avait répondu l'Américain, avec un sourire en coin. Ineffable Zoé! Tendre amour! Et ce voyage de noces prévu pour deux semaines qui en avait duré six.

*À vivre autant la nuit que le jour, à dormir souvent n'im-
porte où, parfois même sur une plage ou dans la voiture,
à vivre de l'air du temps et de pointes de pizza, à n'être
que deux au monde pour l'éternité.*

C'est en tournant les pages de l'album de mariage
que ces tendres souvenirs défilaient dans sa tête, certains
étant reliés à ce qu'elle voyait, d'autres surgissant de nulle
part et se fixant dans son cœur nostalgique.

Ses lettres d'amour qu'elle trouvait souvent, le
matin, au déjeuner, dans son assiette ou sous la cafetière
ou au réfrigérateur pour que «les mots, disait-il, ne per-
dent pas leur fraîcheur et leur saveur» ou d'autres qu'il
lui envoyait par la poste pour le bonheur d'entendre et
de voir son étonnement quand elle les recevait ou d'autres
encore qu'il disait avoir trouvées sous la carpette et qu'il
lui lisait à voix haute pour le plaisir de s'émouvoir en
même temps qu'elle. Des lettres de tendresse qui parlaient
de son profond ennui de sa femme quand elle partait en
tournée de concert ou de «ce matin, je me suis levé avec
la folle envie de vous», ou encore «Montréal, Hôtel
Windsor, 7 h 30 p.m., chambre 416. Je vous y attends».

*Et tu y étais et tu m'y attendais. Deux longues
journées et deux longues nuits, sans les enfants que nous
avions confiés à Lucienne et à Ferdinand. Tu te souviens
que nous devions en profiter pour magasiner, aller au
cinéma et au théâtre. Et pourtant nous sortions à peine
de notre chambre, occupés que nous étions à nos folles
amours. Et tu te souviens qu'avant de retourner à la
maison, nous consultions les journaux pour être capables*

de répondre aux questions de ton père et de ta mère à propos des films et des pièces supposément vus. Et tu te souviens aussi des sourires entendus de Lucienne et de Ferdinand.

Des escapades qui se répétaient deux ou trois fois par année, des fugues amoureuses qu'ils provoquaient à propos de tout. Pour souligner les huit ans de leur fille, Raymonde, pour fêter pour la troisième fois leur quinzième anniversaire de mariage ou «parce que j'ai un petit creux sentimental», disait Zoé. «Et moi une envie de cinéma qui ne peut pas attendre», ajoutait Francine.

Tu te rappelles, Zoé, ta dernière invitation? C'était l'an dernier. Nous terminions le repas. Tu avais pris ma main, ton grand air sérieux et ta voix de théâtre et tu m'avais dit en me regardant droit dans les yeux: «Qu'en penses-tu, Francine, si, cette fin de semaine-ci, nous faisions garder les enfants!!!»

Si au début, Francine se contentait de murmurer les mots qui s'alignaient en même temps que les images dans son esprit, bientôt, sans s'en rendre compte, c'est à haute voix qu'elle les disait. À un volume suffisamment élevé pour réveiller Zoé qui dormait au salon. Subjuguée par ces images, perdue dans ses pensées, elle poursuivait son monologue, n'ayant pas entendu approcher Zoé qui s'était placé derrière elle. Il regardait lui aussi «la dame» et «le monsieur» des photos en se laissant bercer par la voix douce et familière. Ce n'est que lorsque Zoé passa son bras au-dessus de son épaule pour pointer une photo d'elle que Francine sortit de sa rêverie. La photo de Francine que Zoé préférait entre toutes! Celle où elle franchissait les marches de l'église. Belle, souriante, le nez en l'air, décidée. Sa Francine comme il l'aimait! C'est cette photo qu'il avait fait agrandir, qu'il faisait voir à tout le monde et qu'il avait mise sur sa table de travail à l'école. «C'est elle!» disait-il.

Et au moment où, mue par l'émotion qui s'était emparée d'elle, Francine s'apprêtait à mettre sa main sur celle de son homme, Zoé se déplaça, et tout en continuant de fixer l'image, il dit et répéta à plusieurs reprises, séparant et accentuant chaque syllabe: «Belle madame, Belle madame.» Puis, il s'arrêta brusquement, comme pour reprendre son souffle, comme pour réfléchir; on aurait dit que son visage s'était illuminé, comme s'il avait découvert tout à coup dans sa tête un souvenir extirpé du fond de sa mémoire ancienne. Il a alors de nouveau pointé la photo et se retournant vers Francine, il s'écria: «Lucienne»! Puis, il s'empara de l'album et, porté par le plaisir de sa nouvelle découverte, il tourna rapidement autour de la table et de Francine, en criant de plus en plus fort: «Lucienne! Lucienne! Lucienne»...

Francine le regardait, stupéfaite, sidérée. Elle sentit alors dans tout son être une peine profonde, puis une indicible douleur qui lentement se tranforma en une rage folle, insoutenable qui la fit hurler d'une voix stridente et méconnaissable:

— Arrête Zoé! As-tu compris, arrête! As-tu compris, arrête, maudit fou!

Puis, s'affaissant sur la table, elle fut prise de tremblements et de sanglots incontrôlables, aussi incontrôlables que l'avaient été son cri de souffrance et la violence de ses mots.

10

Le 19 mai 1995.

Je ne sais pas combien de temps je suis restée inerte, la tête appuyée sur la table. Après avoir longtemps pleuré, j'ai dû m'assoupir. Quand je me suis réveillée, il me semble avoir vu 18 h au cadran de la cuisinière. C'est la sonnerie du téléphone qui m'a sortie de mon engourdissement.

— Vous êtes bien madame Francine Delcourt. Je suis André Lazure de «René Lalonde incorporé». Nous sommes présentement dans votre quartier pour faire la vérification des pompes thermiques et je me demandais...

Je ne m'explique pas pourquoi, mais la première réaction que j'ai eue, ce fut de lui dire:

— Vous ne pouvez pas mieux tomber, monsieur. Nous en discutions justement mon mari et moi et nous nous disions comment ça pourrait être intéressant de se faire installer à l'instant même une pompe thermique...!

J'ignore aussi pourquoi je n'ai pas coupé immédiatement la communication comme je le fais habituellement et que je l'ai laissé poursuivre son boniment de vendeur. Ce qui est certain, c'est qu'à la fin de cet appel téléphonique, j'étais détendue et que j'ai souri à Zoé qui s'était rapproché de moi et que lui aussi m'a souri, que je lui ai caressé doucement le front et les joues comme il aime tant, que j'ai mis sa main dans la mienne et que nous avons fait le tour de la maison ensemble. J'ai bien eu un léger choc en constatant que je n'avais pas mis la double serrure de sécurité à la porte avant, mais il s'est rapidement dissipé: elle ne semblait pas avoir été forcée ni ouverte. Tout était en ordre. Nous avons ramassé l'album qui traînait par terre et nous avons mangé ensemble comme à l'habitude. J'avais retrouvé mes moyens. J'étais de nouveau calme et sereine.

Comme elle l'est ce matin en écrivant. Elle ignorait ce qui s'était passé pendant la léthargie qui avait suivi son dérapage. Rien n'avait été dérangé dans la maison, Zoé était là et il ne semblait pas traumatisé. Cela lui suffisait. «Nous n'avons pas de prise sur ce qu'on ne connaît pas. Alors pourquoi se torturer l'esprit inutilement?» C'était une des phrases pratiques et sages de Zoé. Elle était dans la lignée du «on verra». Elle l'avait fait sienne.

Elle ne s'était pas non plus culpabilisée outre mesure de sa crise. Elle savait qu'elle avait eu un trop-plein qui avait eu besoin de déborder, qu'elle devait à l'avenir surveiller ses émotions et davantage les maîtriser, qu'il fallait qu'elle comprenne que Zoé ne serait plus ce qu'il avait été et qu'elle prenne conscience qu'il ne la reconnaîtrait plus jamais!

Sa tête savait tout cela, mais son cœur ne l'acceptait pas et continuait de regimber. La folle ténacité de l'amoureuse qui ne désespère jamais de pouvoir guérir son homme. À quoi servirait l'espoir s'il se contentait d'être raisonnable et logique? À quoi servirait la foi si elle n'avait pas comme alliés l'excès, l'extravagance et la démesure? À quoi servirait-il de lutter, si on se savait incapable de triompher? Francine croyait qu'il s'était tissé entre eux trop de liens solides et profonds pour que Zoé et elle ne se retrouvent pas un jour. «Il suffirait, pensait-elle, d'un mince fil qui raccorderait les neurones, qui relierait les souvenirs, qui joindrait le passé et le présent. L'instant d'un éclair. Un seul petit instant!»

* * *

Un souper extraordinaire. Zoé n'a jamais tant parlé: le hockey, le cimetière, le temps, la lecture à haute voix du journal avec toutes sortes d'intonations parfois même justes comme si, tout à coup, il comprenait ce qu'il lisait; Télesphore, Ferdinand, Nicole, Maurice; souvent le nom de Télesphore... mais jamais celui de Lucienne! Se pourrait-il? Serait-ce possible que Zoé ait tu son nom par intuition ou par délicatesse? Je ne l'avais jamais vu aussi excité, aussi joyeux. Se pourrait-il? Serait-ce possible que Zoé ait pris conscience qu'il m'avait retrouvée et que c'était pour cette raison qu'il paraissait si content? «Francine Delcourt! Tu recommences tes histoires!»

Il reste que c'est une bonne idée que j'ai eue de jouer du violon après le repas. Je suis sûre que je ne fabule pas et que je ne me fais pas d'illusion à propos du violon. Chaque fois que j'en joue, c'est le même effet: il est paisible, posé, il prend plaisir à l'écouter, à se laisser bercer par sa musique et à s'endormir comme un bébé heureux.

Je suis sûre qu'il y a quelque chose qui se produit entre nous deux grâce au violon. Je suis certaine qu'il s'est toujours passé quelque chose. Ce ne sont pas des inventions ou des mirages. «Je ne peux pas me leurrer à ce point, hein Zoé?»

Ce n'était pas une chimère d'affirmer que le violon avait toujours eu de l'importance dans leur vie de couple. «Vous faites de la musique, n'est-ce pas?» lui avait-il demandé ce soir de coup de foudre. Et c'est à un concert de violon qu'il l'avait invitée le lendemain.

Nous avions passé notre après-midi à chuchoter, à rire en sourdine et à nous bécoter. Et dire que c'était le célèbre Henryk Sherynk qui jouait les sonates de Bach!

C'est Zoé qui l'avait encouragée à tenter une carrière de violoniste de concert. C'est encore lui qui, à l'arrivée des enfants, l'avait incitée à la poursuivre.

— Ce n'est pas raisonnable, Zoé, lui avait-elle dit.

—Tu as bien raison, Francine: ce n'est pas raisonnable que tu l'abandonnes, avait-il riposté.

Que de fois il a été obligé de prendre les bouchées doubles, triples même pour me permettre de préparer les concerts dans la quiétude d'esprit: assumer sa tâche d'enseignant, prendre souvent seul la charge de la maison et des enfants, se lever la nuit pour consoler leurs peines et pour répondre à leurs appels. «Pourquoi se déranger tous les deux, disait-il. De toute façon, Francine, tu n'es pas de taille avec le plus rapide changeur de couches au monde!» Les appels téléphoniques qu'il exigeait que je lui fasse après chaque concert, même si je devais le réveiller

en pleine nuit. «Raconte, dis-moi dans le détail comment
ça s'est passé, me disait-il, avec la même insistance, avec
la même fébrilité et la même excitation chaque fois: étais-
tu nerveuse avant le concert, comment était le chef
d'orchestre, combien y avait-il de personnes dans la salle,
les spectateurs t'ont-ils ovationnée à la fin?» Nous étions
là tous les deux à des milliers de kilomètres de distance
à nous réjouir et à nous émouvoir ensemble de mes succès.
Des appels qui devaient nous coûter des fortunes! «Des
plaisirs et un bonheur qui n'ont pas de prix», préférais-
tu dire.*

Et ces fleurs qu'il lui avait fait parvenir dans sa
loge à Vienne avec ces simples mots: «Je suis fier de vous,
madame, et je vous remercie. Signé: Wolfang Amadeus
Mozart.»

*Zoé de mon cœur! Il n'y a que toi pour avoir des
attentions semblables.*
*Je sais que je ne devrais pas m'émouvoir ainsi et
laisser toute cette tendresse me bouleverser. Je le sais mais
je n'y peux rien. Et toi si tu faisais un petit effort, juste
un petit effort...*
Zoé, c'est moi, Francine, ton amour!

11

Il était trois heures du matin. Livide, les yeux écar-
quillés, ne sachant pas trop où elle était, elle ne réussissait

pas à sortir de ce cauchemar épouvantable: elle voyait et revoyait Zoé qui s'était lentement faufilé hors du lit, avait pris une pelle près de la porte de la chambre, s'était saisi du violon qui était dans le haut du placard et s'était mis à le frapper violemment à coups redoublés comme pour faire cesser sa musique qu'il ne pouvait plus supporter. Plus il tapait sur le violon, plus le volume de la musique augmentait et plus sa rage décuplait.

Puis brusquement, elle se réveilla pour constater que Zoé n'était plus à ses côtés et qu'elle entendait réellement une musique de violon qui provenait d'elle ne savait où, une musique qui s'amplifiait de plus en plus.

Elle sortit en trombe de la chambre.

Zoé était dans la salle de bains occupé sagement à chuchoter des mots incompréhensibles à son miroir. Le violon! Elle laissa Zoé à ses dialogues.

Arrivée au salon, elle constata que la porte du placard était entrouverte. L'autre soir, c'était la porte d'entrée qu'elle avait oubliée et maintenant celle du placard! Le violon y était intact, à l'endroit exact où elle l'avait laissé la veille.

Et cette musique qui n'avait pas cessé de jouer! «Mais qu'est-ce qui se passe dans cette maison?» Puis subitement, le déclic! La chaîne stéréo du sous-sol! Les sonates de Beethoven qu'elle avait programmées et qui jouaient et rejouaient indéfiniment...

Elle était épuisée et au bord des larmes. Zoé se coucha et se rendormit rapidement. Elle savait qu'elle ne dormirait plus de la nuit. Elle ne comprenait pas ce qui lui arrivait.

Cette crise démesurée à propos de Lucienne, cette

émotivité à fleur de peau qui ne la quittait plus, cet en-
têtement illogique à croire que Zoé se souviendrait et ce
cauchemar épouvantable qu'elle ne parvenait pas à sortir
de son esprit...

Et ses oublis qui se mutipliaient, incompréhensibles et impardonnables, ses oublis qui commençaient à la
tracasser et à la tourmenter...

12

— Bonjour, monsieur, bonjour, madame. Vous venez
pour l'herbe à puces? Assoyez-vous! La dame s'occupera
de vous.

— Bonjour, monsieur, bonjour, madame. Vous venez
pour l'herbe à puces? Assoyez-vous, la dame s'occupera
de vous.

Il répétait sans arrêt le même discours à chaque
invité se permettant une légère variante quand il s'adressait aux enfants.

— Bonjour, mon petit garçon, bonjour, ma petite
fille. Vous venez pour l'herbe à puces? Assoyez-vous! La
dame s'occupera de vous.

Zoé allait de l'un à l'autre et faisait semblant de
remettre à chacun un pot d'onguent en disant:

— Appliquez trois fois par jour, pendant un mois,
et vous serez guéris. Bonjour, monsieur, bonjour, madame...

Le 3 juin 1995.
J'étais la dame! Celle qui devait écrire le nom «des

patients» et leur poser des questions à propos de leur
herbe à puces. C'était insupportable, insoutenable! Quelle
heureuse idée j'avais eue d'inviter la famille Delcourt pour
les 58 ans de Zoé!

— Bonjour, monsieur, bonjour, madame...

Il était devenu Télesphore, le célèbre guérisseur de
l'herbe à puces. Celui qui, à l'époque, on venait consulter,
à Repentigny, les dimanches de printemps et d'été.

Il n'était pas facile de sortir Zoé de «son jeu»: les
enfants de Robert et de Raymonde semblaient tellement
s'y complaire.

— Moi, grand-père Zoé, c'est au coude que j'ai mal!

— Moi, c'est sur le bout du nez.

Et ils grimpaient sur ses genoux pour se faire
soigner et se réfugiaient dans ses bras comme il le faisait lui-même, à leur âge, dans ceux de son beau Télesphore.

Zoé et les enfants avaient l'air si heureux ensemble!
J'aurais dû m'en réjouir! Pourtant, je ne réussissais pas
à me détendre et à me décontracter. Robert et Raymonde
aussi étaient mal à l'aise. Ils ne m'en ont jamais parlé,
de peur d'ajouter à ma peine, mais je sais qu'ils n'ont
jamais accepté la maladie de leur père.

Où étaient passés cette intelligence vive et ce jugement sûr qui les avaient si souvent éclairés et dépannés?
Qu'avait-on fait de son sourire et de son humour qui
réussissaient toujours à désamorcer leurs drames et à atténuer leurs peines? Quelle puissance avait donc cette maladie pour défigurer ainsi le cœur et l'âme de leur père

qui ne savait même plus les reconnaître et se souvenir d'eux?

Parfois, j'ai l'impression qu'ils auraient préféré que ce soit moi qui sois malade? Peut-être qu'ils aiment plus leur père que moi, peut-être qu'ils ont toujours plus aimé leur père que moi? Qu'ils me le disent si je suis de trop! Peut-être pensent-ils que je ne m'occupe pas adéquatement de leur père? Peut-être que si je disparaissais, ils sauraient en prendre soin mieux que moi!

Zoé était le meilleur pour écouter les peines, le meilleur pour trouver les mots qui font oublier les souffrances et qui redonnent confiance. S'il était encore là, je sais qu'il m'empêcherait de déraper comme je le fais. J'ai honte de moi: je parle de lui comme s'il n'était plus là, comme s'il était mort.

Sans avertissement, Zoé a cessé d'être guérisseur. Sans raison apparente, il s'était cabré. Il avait même l'air étonné que les enfants soient sur ses genoux et pendus à son cou. On aurait dit que l'un d'eux avait prononcé un mot ou une phrase qui l'avaient choqué ou blessé. Comme une confidence bouleversante, comme un rappel de souvenir douloureux, comme une question insolite comme celle que Zoé avait posée, autrefois, à son grand-père Télesphore à propos de son prénom. Les enfants surpris et apeurés avaient retrouvé les bras de leur mère comme lui l'avait fait avec Lucienne. Il y a eu un froid. L'atmosphère s'était tendue. Et Zoé était tombé dans un profond mutisme. Celui qu'il adoptait quand un grand malaise s'emparait de sa tête.

* * *

André Boisclair a appelé hier. Il m'a dit que ma voix était changée. Je lui ai répondu que c'était dû à la mauvaise grippe dont je ne réussissais pas à me défaire. Il a semblé me croire. Je n'étais quand même pas pour lui raconter la mauvaise période que je traversais. Moi qui n'ai jamais confié mes problèmes à personne, ce n'est pas aujourd'hui que j'allais commencer, surtout pas à un enfant de 17 ans!

Zoé avait repris de façon assidue ses séances devant le miroir. Elles étaient de plus en plus longues et confuses et se déroulaient à toutes heures. Si de nombreux interlocuteurs y défilaient, son préféré demeurait toujours Télesphore.

Mes nuits sont courtes. Je somnole plus que je ne dors. Je me réveille souvent en sursaut. J'ai toujours peur qu'il arrive quelque chose à Zoé, qu'il fasse un mauvais geste. Pourtant, ce ne sont pas de ses gestes dont je devrais avoir peur, mais des miens. Zoé est bizarre et davantage qu'au début de sa maladie. Moi aussi je suis étrange. Zoé s'éloigne de plus en plus de moi: il parle à peine aux repas; il s'isole très souvent dans la salle de bains. L'autre matin, j'ai joué du violon pendant une demi-heure et il n'est pas venu me rejoindre. Peut-être que la musique du violon l'agace? Peut-être qu'elle lui tombe sur les nerfs? Peut-être que mon cauchemar de l'autre nuit était une prémonition? Peut-être aussi que je me pose trop de questions? C'est seulement depuis que j'écris un journal que je m'interroge et que je m'analyse ainsi. Cette manie aussi de l'avoir toujours avec moi, d'écrire à tous moments, n'importe où, comme si je ne pouvais plus m'en passer. À quoi peut-il bien servir? Il n'y a que des questions et des problèmes dans mon cahier. Il n'y a jamais de solutions. Il faudrait que je cesse d'écrire.

Et cette toquade qu'il a développée depuis quelque temps de toujours se coucher habillé. Il est tout à coup devenu prude comme s'il avait honte que je le voie nu. Quand j'essaie de l'aider à enlever sa chemise, il se rebiffe comme s'il ne pouvait pas supporter que je l'approche et que je le touche, comme s'il était allergique à ma peau, comme s'il était allergique à ma présence.

Zoé, je ne sais plus ce qui se passe, je ne suis plus capable... de ne pas comprendre, de supporter ces peut-être, de te savoir si loin de moi.

Zoé, j'ai besoin de toi! M'entends-tu, Zoé! Je ne peux plus me passer de toi. Je ne sais plus quoi faire, je ne sais plus ce que je vais faire, je ne sais plus ce qui va m'arriver!

13

— Si vous saviez le plaisir que vous me faites, madame Delcourt en me confiant monsieur Zoé! Quand vous m'avez appelé hier, je n'en croyais pas mes oreilles. J'étais tellement excité que j'ai eu de la difficulté à m'endormir. J'ai appelé mon père pour lui dire la bonne nouvelle. Au fait, mon père et sa nouvelle copine ça va toujours bien; ça dure maintenant depuis six mois. Je l'aime bien. Elle est gentille avec moi. Je trouve qu'elle ressemble un peu à ma mère. Si vous saviez comme je suis content, madame Delcourt! Vous n'avez pas à vous inquiéter. Je suivrai toutes les consignes que vous m'avez données. Et puis vous le savez: nous nous arrangeons bien, monsieur Delcourt et moi. Il fait beau. Nous prendrons une marche. Nous irons jusqu'au cimetière. Je suis sûr que ça fera plaisir à monsieur Delcourt. Chaque fois que je viens le voir il me parle du cimetière. Prenez tout le temps qu'il vous faut. Vous avez l'air fatigué, madame Delcourt. Votre voix est encore changée. C'est votre mauvaise grippe qui ne se passe pas, hein! Ma mère avait souvent des grippes. Surtout les dernières années. Elle n'allait pas voir le médecin. Elle disait qu'on ne va pas voir le médecin pour une grippe. Vous, madame Delcourt, avez-vous vu le médecin? Vous avez toute le journée à vous, qu'est-ce qui vous empêche d'aller le rencontrer?

«Madame Delcourt, monsieur Zoé, le médecin, que je suis donc content...!» André Boisclair parlait sans arrêt. Francine ne l'écoutait même pas. Elle avait déjà l'esprit ailleurs.

C'est au cours de la nuit précédente, qu'elle avait décidé qu'elle appellerait André Boisclair pour qu'il vienne garder Zoé. C'est au cours de la nuit qu'elle avait résolu de partir. Elle n'en pouvait plus. Ses nerfs allaient lâcher. À trois heures du matin, elle avait trouvé Zoé dans la salle de bains en train de prendre sa douche tout habillé. Elle avait eu toutes les difficultés du monde à lui faire entendre raison. Elle ne se souvenait pas très bien ce qu'elle lui avait dit. Elle se rappelait seulement qu'elle criait et que lui en faisait autant en blasphémant. Il lui semblait même qu'il avait levé le bras sur elle. Et que lui importait qu'il ait levé le bras sur elle ou pas, qu'elle en soit sûre ou pas? Que lui importait puisqu'elle partirait et qu'elle ne reviendrait plus?

Et le babillage d'André Boisclair qui n'en finissait plus! Elle avait embrassé machinalement Zoé qui n'avait pas réagi. «Réagir à quoi? avait-elle songé. Il ne sait pas qui je suis! Il ne sait pas qui il est, où il est! Il ne sait rien! Il ne se rendra même pas compte que je ne suis pas là, que je ne serai plus jamais là.»

Elle était partie.

— Amusez-vous bien, madame Delcourt! Je m'occupe de monsieur Zoé.

Ce n'est qu'une fois sur l'autoroute 40 qu'elle s'abandonna. On aurait dit que les larmes retenues trop longtemps ne pouvaient plus attendre et coulaient sans réserve. À peine si elle voyait devant elle, si elle avait le temps de s'essuyer le nez et les joues qu'un nouveau flot déferlait chaque fois plus imposant que le précédent. Et en même temps, surgissait du fond de son âme une longue plainte aussi irrépressible que l'étaient ses larmes. Elle aurait dû s'arrêter sur le bord de la route et laisser sa douleur se défouler à sa guise et permettre à ses esprits de se retrouver. Sa conduite devenait dangereuse: sans avertissement et sans même qu'elle en ait conscience, elle passait de la voie de gauche à celle de droite, ralentissait, accélérait subitement, répondait par des coups de klaxon saccadés à ceux des conducteurs éberlués. Elle

aurait dû s'arrêter! Elle risquait de provoquer un accident. Que lui importait d'avoir un accident, de contrôler
sa peine et de retrouver ses esprits? Elle n'avait fait que
cela depuis presque un an: se maîtriser, faire taire sa
douleur, mater sa frustration, dompter sa révolte. Qu'est-
ce qu'elle en avait récolté? L'impuissance, la souffrance,
le désespoir. Que pouvait-il lui arriver de pire maintenant?

Quand sa tête se mit à mieux fonctionner et que
ses idées eurent repris leur place habituelle, elle approchait
de Lavaltrie. «Merde! de merde! Qu'est-ce que j'ai à foutre
de Lavaltrie? Je me suis fourvoyée: c'est à Montréal que
je veux aller!»

Arrivée à Montréal-Est, à la hauteur des raffineries,
elle se rendit compte qu'elle avait quitté la maison depuis
une heure! Un parcours qu'elle franchissait habituellement
en 15 minutes!

Les larmes avaient cessé de couler. Sa peine et sa
révolte avaient pris un répit. Mais elles étaient toujours
là, à l'affût, prêtes à bondir de nouveau à la moindre
provocation.

Celle-ci n'avait pas tardé à poindre. Elle était apparue sous forme de souvenirs. Les uns récents, d'autres,
éloignés, parfois heureux, le plus souvent malheureux.
Des images qui circulaient dans son esprit, tantôt en ac-
céléré, tantôt au ralenti. Des images qui venaient, qui par-
taient, qui réapparaissaient sans qu'elle n'y puisse rien.
On aurait dit qu'un être maléfique s'était logé dans sa
tête, pressait un bouton, actionnait une manivelle et prenait un sadique plaisir à la faire souffrir.

... Zoé mangeant son repas avec ses mains et dé-

cidant subitement de renverser les aliments sur sa tête...
Zoé urinant n'importe où dans la maison, dans un coin
du salon, au boudoir... «Francine Desmarais, voulez-vous
prendre comme légitime époux Zoé, ici présent?»... Zoé
se levant de son siège, au beau milieu d'une pièce de
théâtre, et criant à tue-tête «Maurice! Maurice! Maurice!»;
sa honte en l'entraînant vers la sortie; des gens qui ap-
plaudissaient, les uns amusés qui l'acclamaient, d'autres
insultés qui vociféraient: «Garde-le à la maison ton fou
ou fais-le enfermer»... «Moi, je m'appelle Francine
Desmarais et vous?»... Des armoires vidées et le salon
jonché de papiers épars, Zoé à quatre pattes, s'égosillant:
«On me l'a volé! On me l'a volé! On me l'a volé!»...
«Ce matin, je me suis levé avec la folle envie de vous»...
Des bas sales dans l'armoire de la cuisine, des souliers
dans le congélateur, des sous-vêtements dans le réfrigérateur... «Mon cher frère et ma chère sœur, vous voilà
mariés et unis pour la vie»...

Elle n'en pouvait plus, sa tête allait éclater. Épou-
vantée, elle se mit à s'agiter et à hurler: «Arrêtez! Arrêtez!
Arrêtez!» Et en même temps qu'elle cracha sa douleur
pour que cesse cette horreur, dans un geste mécanique et
insensé, elle appuya fortement sur la pédale du frein...
Partout autour d'elle, des conducteurs qui s'affolent, des
voitures qui bifurquent en catastrophe et qui dérapent,
des pneus qui crissent, des klaxons qui s'énervent... Qu'il
n'y ait pas eu d'accident ou d'hécatombe tenait du mi-
racle!

* * *

Depuis dix minutes, elle était assise sur un banc du Square Dominion tout juste en face de l'édifice Le Windsor. Cet édifice à vocation commerciale qu'on avait érigé en lieu et place du vieil hôtel Windsor.

Elle regardait droit devant elle, sans sourciller, un petit sourire fixé au coin des lèvres. «Hôtel Windsor, 7 h 30 p.m., chambre 416. Je vous y attends.»

C'est pourtant elle qui attendait, qui espérait elle ne savait quoi et ignorait qui. Comme elle ne savait pas comment elle était arrivée là. Ni précisément ce qui s'était passé depuis son freinage brutal sur l'autoroute 40.

Elle ne se rappelait pas qu'elle avait abouti à La Place Versailles et y avait garé la voiture. Elle avait pris le métro à la station Radisson, en était sortie à l'arrêt Frontenac et s'était retrouvée dans la rue Sherbrooke marchant vers l'ouest de la ville. Elle allait, à pas pressés ou à pas lents, furetant et s'arrêtant ici et là, sans raison apparente. En réalité, sans s'en rendre compte, elle faisait un pèlerinage. Inconsciemment, elle voulait revoir pour une dernière fois certains endroits qu'elle avait fréquentés avec Zoé. Des lieux de grands bonheurs, des témoins de leurs amours. Le petit snack-bar à confidences de la rue Papineau; le gros banc vert du parc La Fontaine, celui qui était un peu en retrait, derrière un bosquet, celui de leurs interminables embrassades; la grande Bibliothèque municipale avec ses belles chaises de bois qu'ils avaient l'habitude de rapprocher l'une de l'autre pour plus facilement se bécoter et chuchoter; la salle Pollack de leur premier concert et de tous ceux qui avaient suivi, de la fierté et de l'émotion de Zoé chaque fois qu'il se présentait dans sa loge avec son immense bouquet de roses, et qu'il l'étreignait en lui murmurant mille fois à l'oreille: «Francine, mon amour.»

Elle errait, vagabonde malheureuse, l'âme alourdie par d'anciens bonheurs qui lui déchiraient le cœur. Elle allait, automate triste et mélancolique, sur les trottoirs, dans la rue, ignorant les autos et leur klaxon, sourde aux avertissements et aux cris alarmés des passants.

C'est ainsi qu'elle avait abouti à la rue Peel, sur un banc du Square Dominion. «Hôtel Windsor, 7 h 30, p.m...» Machinalement, elle consulta sa montre. «4 h 30! Trois heures encore», pensa-t-elle. Un sourire se fixa au coin de ses lèvres. Et les idées se précipitèrent de nouveau dans sa tête.

Elle attendait! Mais elle attendait quoi? Qu'il vienne? Il ne viendrait pas! Il ne viendrait pas, il ne viendrait plus jamais! Son Zoé n'existe plus! Son Zoé est mort! Elle le sait bien. Elle avait pourtant pris tous les moyens pour le ressusciter! Peine perdue.

La tendresse, les caresses! Son violon! Il trouvait même depuis quelque temps sa musique insupportable et ne voulait plus l'entendre.

À la suite de l'«affaire Lucienne», elle avait consulté Ferdinand, pas pour lui raconter ce qui était arrivé, mais pour qu'il lui parle de Lucienne, de ses habitudes, de sa façon de s'habiller, de se coiffer, de se maquiller. Elle avait même insisté pour qu'il lui laisse des photos d'elle. Elle s'était mise à jouer à Lucienne, à se déguiser en Lucienne, à se vêtir comme elle, à parler comme elle, à prendre ses airs, à imiter sa voix, à essayer d'être Lucienne. Si Zoé ne l'aimait pas en Francine, il l'aimerait peut-être en Lucienne!

Toute cette mascarade, tout ce cirque n'avaient pas eu raison de la mémoire de Zoé: il ne l'avait jamais plus appelée Lucienne! Elle aurait dû savoir que, dans la tête de Zoé, Lucienne n'était qu'un éclair qui échappait à son contrôle. Ce soir-là, il aurait pu aussi bien l'appeler Suzanne, Nicole, Raymonde. Elle aurait dû savoir... Elle le savait, mais elle ne voulait tout simplement pas l'admettre: elle se refusait à accepter que «son Zoé» ne soit plus. Elle était prête à tout pour rejoindre son homme.

Au plus profond de ses propres crises d'oublis (liées, évidemment, à une fatigue accumulée et à un surmenage excessif), il lui était passé à l'esprit de les laisser se développer, de les entretenir, de les nourrir même! Si elle devenait comme Zoé, elle comprendrait peut-être mieux son état d'esprit, sa façon de penser et ainsi elle pourrait s'ajuster et le rejoindre enfin! Pauvre Francine! Insensée Francine!

«Hôtel Windsor, 7 h 30 p.m., chambre 416. Je vous y attends!»

À ces folles idées se sont jointes les images d'horreur qui étaient réapparues: ... «bravo, monsieur... On me l'a volé! On me l'a volé! On me l'a volé!... Vous êtes mariés pour l'éternité... Ce que Dieu a uni, l'homme ne peut le désunir...»

Elle s'est levée de son banc en marmonnant à voix basse: «Mais moi je ne suis plus mariée puisque mon mari n'existe plus, puisque Zoé n'existe plus, puisque "mon Zoé" n'existe plus.» Puis, elle a tournoyé et dansé dans le parc en criant:

— Je ne suis plus mariée! Je ne suis plus mariée! Je suis libre! Je suis une femme libre! Il peut bien m'attendre! À 7 h 30, je ne serai pas là, je ne serai plus jamais là... Je suis libre, moi monsieur... je ne suis pas tenue d'aller à vos rendez-vous galants...

Les passants du parc étaient ahuris. Un monsieur s'était même approché d'elle.

— Madame! Madame! Est-ce que je peux vous aider?

— Laissez-moi! Laissez-moi! Je n'ai pas besoin d'aide... Je ne suis pas folle! Je ne suis pas folle! Ce n'est pas moi qui suis folle. Le fou, c'est mon mari!

Elle riait, pleurait, divaguait, riait, pleurait...

Une dame l'a prise gentiment par le bras et l'a conduite à un banc. Elle est restée près d'elle longtemps, silencieuse, la laissant déverser sa peine, se contentant de lui masser doucement le dos et les épaules.

Francine lentement s'est apaisée et a retrouvé ses esprits.

— Merci, madame. Merci. Je pense que ça va mieux.

La pluie tombait. D'abord fine, puis de plus en plus drue. La dame et Francine ont quitté le parc et ont fait un bout de chemin ensemble, puis se sont séparées.

— Je suis sûre que ça va aller! Je vous remercie beaucoup, madame!

Pour se protéger de la pluie et pour se reposer, Francine s'est réfugiée dans un cinéma de la rue Sainte-Catherine.

— Oui, à la salle 4, c'est un film français.

Que lui importait que ce soit un film français, anglais ou espagnol ou que ce soit aux salles 4, 6 ou 7? Elle n'allait pas voir un film, elle désirait tout simplement s'engouffrer dans une salle de cinéma. Elle ne s'était même pas informée du titre, du nom des comédiens et de celui du réalisateur.

Sans hésitation, comme chaque fois qu'elle entrait dans une salle de cinéma, elle acheta une grosse boîte de maïs soufflé. La faim commençait à la tenailler: il était près de 18 h et elle n'avait pas mangé depuis 8 h.

Il y avait peu de monde dans la salle. Elle prit ses aises, s'installa confortablement dans son fauteuil et entama avec appétit son maïs soufflé.

Elle se sentait bien. Elle ressentait un bien-être comme elle n'en avait pas éprouvé depuis longtemps. Une paix profonde, bienfaisante. Cette paix presque euphorique que le corps et l'esprit connaissent à la suite d'un long entraînement physique, cette quiétude, cette tranquillité, qui remplit la nature après une forte tempête. On aurait dit que sa révolte avait été à ce point violente et puissante qu'elle avait tout charrié sur son passage, emportant peines, douleurs, colères, frustrations, pleurs et rires incontrôlés ne laissant qu'un grand vide dans son corps et dans son esprit. Un vide que le calme et la sérénité avaient comblé.

Elle ferma les yeux et se serait endormie quand la musique du film, qui était commencé depuis un certain temps, attira son attention. La voix de l'interprète, les mots de la chanson... Elle rouvrit les yeux et reconnut Luis Mariano! «Maman, c'est toi la plus belle du monde... aucune autre à la ronde n'est plus jolie...» Elle sourit. Luis Mariano, l'idole de ses 14 ans, celui dont elle avait vu tous les films, deux fois plutôt qu'une! Les mots de la chanson lui revenaient spontanément et elle fredonnait les paroles: «de tous mes voyages, j'ai vu des paysages mais rien ne vaut l'image de tes cheveux gris... tu as pour moi, avoue que c'est étrange, le visage d'un ange du paradis!...»

Elle s'est alors attardée au film. Il était question des jours de la Création: du premier, du deuxième... et même d'un huitième. Elle y voyait un jeune mongolien qui caressait le gazon pour le consoler de sa souffrance d'avoir été coupé, qui disait aussi que si on touchait doucement un arbre, on pouvait devenir arbre à son tour. Une histoire insolite, celle de ce mongolien, Georges, sensible et vulnérable qui, à la suite d'une rencontre fortuite, se lie d'amitié avec «son copain Harry» (comme il l'appelait affectueusement), riche, calculateur, efficace PDG d'une grande banque. Elle oublia bientôt son maïs, sa fatigue et son ancienne peine et se laissa captiver et émouvoir. À la suite d'une scène de fous rires incontrôlables des deux nouveaux amis, et d'une autre où Georges serrait tendrement dans ses bras son copain Harry en pleurant avec lui sa profonde peine d'amour, Francine sentit monter en elle un attendrissement aussi subit qu'agréable. Elle sortit précipitamment de la salle, non pas que son cœur était incapable de supporter cette nouvelle émotion, mais cet attendrissement s'était irradié en elle et en avait déclenché un autre, plus profond, plus pénétrant, plus pressant. Elle avait un besoin irrésistible de voir Zoé, de lui parler, de le tenir dans ses bras, de se laisser envelopper dans les siens, de lui dire qu'elle n'était pas partie, qu'elle était toujours là.

Zoé avait besoin d'elle et elle ne pouvait se passer de Zoé! Un pacte pour la vie. Qui était sans rapport avec celui de l'église qui lui hantait l'esprit depuis quelque temps. Le pacte du cœur, le pacte de l'amour qu'elle et Zoé n'avaient jamais prononcé, mais qui était inscrit au fond de leur être, qui avait sa mémoire propre, indépendante de celle de l'esprit, un langage, un code que l'intelligence ne pouvait pas toujours comprendre. L'amour sans fin, fidèle, qui résiste à toutes les peines, à toutes les révoltes, que les larmes quelle que soit leur impétuosité ne réussissent jamais à noyer. Francine et Zoé: à la vie, à la mort, pour le meilleur et pour le pire! Un diktat du cœur, le philtre d'amour, le coup de foudre immortel. Elle le savait.

— Salut, Ferdinand! C'est moi Francine! Vous allez bien? Parlez plus fort, je vous entends mal... Vous dites que j'ai la voix excitée. Ah oui!... C'est fort possible. En tout cas, je suis dans une forme splendide! Écoutez, Ferdinand, j'aurais un service à vous demander. Je suis à Montréal. J'ai été retardée: des emplettes qui se sont prolongées, un rendez-vous chez l'optométriste qui n'en finissait plus... C'est André Boisclair qui est avec Zoé. Ce n'est pas que je n'ai pas confiance, mais j'aimerais que vous alliez faire un tour à la maison pour vérifier si tout se passe bien. Je suis à Repentigny dans une heure. À tantôt!

Une heure quinze minutes plus tard, elle stationnait la voiture sous l'abri d'auto. Autant sur l'autoroute elle était pressée d'arriver, autant maintenant, elle était hésitante. À son excitation et à sa fébrilité s'étaient mêlés un malaise, un remords, une honte. Elle était tout à coup devenue penaude, comme l'enfant qui hésite à entrer à la maison et à avouer son mauvais coup, comme l'adolescente qui revient et qui veut se faire pardonner sa fugue irraisonnée...

Elle se décida enfin à sortir de la voiture.

Tout l'intérieur de la maison était éclairé. On aurait dit une fête. Pourtant, aucune auto n'était stationnée aux alentours et elle ne distinguait personne dans le salon.

Elle s'approcha, inquiète.

Elle entendit alors une musique provenant du sous-sol, une musique à peine perceptible, une musique qui ne lui était pas coutumière, une musique de guitare. Quand elle fut à la hauteur des fenêtres, elle ne put s'empêcher d'esquisser un sourire d'étonnement. «Ah, non..., c'est incroyable, ça se peut pas!» Ils étaient tous là: Ferdinand, Simon, André Boisclair, les quatre Punks qui étaient venus à la maison quelques semaines auparavant, deux d'entre eux qui jouaient de la guitare; et tout au fond, assis par terre, le dos appuyé à un fauteuil, il y avait Zoé, l'air joyeux, comme tous les autres.

Sans faire de bruit, elle entra dans la maison. Elle attendit, silencieuse, au salon. Elle entendait monter doucement du sous-sol des airs connus: *Yesterday*, *Love me tender*, d'autres qu'elle écoutait pour la première fois... Puis, le volume qui s'intensifie, puis des voix discordantes mais chaleureuses qui se mettent à fredonner: «C'est à votre tour, monsieur Delcourt de vous laisser parler d'amour, c'est à votre tour, monsieur Zoé...»

L'attendrissement du cinéma était revenu... Elle ne pouvait plus rester en place. Elle se leva, ouvrit la porte du placard et prit son violon. Et du haut de l'escalier, elle entama les premiers accords du *Canon* de Pachelbel que Zoé aimait tant, et tout en continuant à jouer, elle descendit lentement l'escalier. Quand elle arriva en bas, la musique des guitares s'était tue. Les voix aussi. C'est à peine si on pouvait entendre les «madame Francine», chuchotées avec admiration. Il y a eu une sonate, un concerto, *Plaisirs d'amour*, *Yesterday* de nouveau, puis... des suites improvisées pour deux guitares et violon; il y a eu des bravos, des encore, des cœurs émus, des yeux humides. Et puis il y a eu son regard et celui de Zoé qui se croisaient souvent, des regards anciens subitement retrouvés, des regards qui ne voulaient pas se laisser, des regards qui semblaient vouloir se rapprocher comme pour se dire:

— Moi, je m'appelle Francine Desmarais.

— Moi, je m'appelle Zoé Delcourt.

Bien plus tard, les invités ont quitté la maison.

Bien plus tard, elle se retrouva seule dans le salon et elle vit apparaître Zoé. Il vint vers elle le violon et l'archet dans les mains et il lui dit: «Joue, joue encore!». Il resta debout devant elle la regardant plus qu'il ne l'écoutait...

Bien plus tard, elle déposa son violon et son archet. Il s'approcha d'elle, il défit un à un de ses doigts malhabiles et nerveux les boutons de sa blouse. Elle prit dans ses mains tremblantes son visage chaud et ils s'embrassèrent comme ils ne l'avaient pas fait depuis une éternité.

Bien plus tard, ils retrouvèrent leur chambre et ils s'endormirent nus et enlacés comme ce premier soir où ils avaient dû rapprocher les lits.

14

Zoé se réveilla à 6 h. Francine dormait encore profondément à ses côtés. Quand il sortit du lit, elle ne bougea même pas. Les longues nuits blanches des jours passés, les émotions de la veille et du début de la nuit avaient eu sur elle l'effet d'un somnifère.

Zoé se leva et sortit de la chambre. Il enfila les vêtements qu'il trouva dans le salon. D'abord, une blouse qu'il jugea trop étroite pour ses épaules et qu'il rejeta machinalement, puis un chandail et un pantalon qui lui convenaient.

Il était réveillé sans l'être. Un somnambule qui errait sans bruit d'une pièce à l'autre, évitant les pas inutiles, s'attardant ici et là comme s'il suivait un plan tracé à l'avance.

Il se rendit dans la cuisine et vit sur la table un document qu'il crut vaguement reconnaître, sans plus. C'était pourtant lui qui l'avait déposé là la veille. C'était pourtant le document qu'il cherchait depuis si longtemps et qu'il avait enfin retrouvé avec l'aide d'André Boisclair pendant la fugue de Francine. Il décida de le prendre.

«Je le laisserai à Télesphore, se dit-il. Il sera sûrement content: depuis le temps que je lui promettais de lui apporter un cadeau...»

Cette nuit-là, la porte de l'entrée principale n'avait pas été fermée à double tour. Dans la grande excitation qui avait suivi le départ des invités, Francine l'avait oubliée.

Zoé était prêt. Il était certain que Télesphore l'était aussi.

Il se sentait bien, calme, beaucoup plus serein même qu'à l'habitude, démesurément heureux, comme s'il avait été porté par un bonheur euphorique. Était-ce l'effet des réjouissances de la veille ou des frissons et des plaisirs inhabituels qui avaient suivi? Ou le fait de pouvoir bientôt retrouver Télesphore? Il n'aurait su dire. Pas plus qu'à l'habitude, il ne savait ce qui se passait dans sa tête.

Il sortit de la maison et se dirigea pieds nus vers le cimetière, son document sous le bras.

Un beau matin, sans vent, paisible. Un matin de soleil éclatant.

Par un matin semblable, Télesphore avait traversé la rue sans regarder...

Avait-il été alors aveuglé par le soleil? Ou distrait par des pensées trop tristes ou trop heureuses? Ou peut-être s'était-il engagé dans la rue en étant tout à fait conscient des conséquences? Ou peut-être était-ce simplement sa vue qui n'était pas en bon état? Personne ne l'avait jamais su et personne ne le saurait jamais.

Quand Zoé entendit le klaxon strident, qu'il se retourna et qu'il vit l'auto foncer sur lui, il poussa un cri effroyable et s'affaissa sur le sol au milieu de la chaussée. Par une manœuvre spectaculaire de dernier instant, le conducteur de l'automobile l'évita de justesse.

Zoé mourut à l'hôpital deux heures plus tard.

Un arrêt cardiaque. Trop d'émotions, trop d'excitations en un temps si court. Une peur trop forte pour son cœur, «qui était déjà très endommagé», a dit le médecin.

Un peu après son arrivée à l'hôpital, il avait repris conscience un certain temps. Tout juste assez long pour se rendre compte qu'elle était à ses côtés et qu'elle lui tenait la main, tout juste assez long pour pouvoir esquisser un sourire en la regardant. Ce même sourire et ce même regard qui avaient tant bouleversé Francine quand, la veille, il s'était approché d'elle au salon alors qu'elle venait de déposer son violon et son archet...

Quand les autres arrivèrent, elle était là penchée, son visage tout près de celui de Zoé, caressant doucement ses lèvres entrouvertes, ses joues humides et son front encore chaud, glissant lentement ses doigts sur ses yeux déjà clos; et comme si elle avait voulu que chaque partie du visage de son homme s'imprègne à tout jamais sur sa peau, elle reprenait une à une ses caresses tout en murmurant inlassablement le nom de Zoé comme une lente mélopée d'amour qui se mêlait à ses pleurs et à une longue plainte douloureuse que son cœur n'avait pas la force de retenir.

Robert et Raymonde, leurs deux enfants, les premiers s'approchèrent du lit; puis, à leur tour Ferdinand et Simon.

Longtemps, ils restèrent tous les quatre autour d'eux sans mots et sans gestes, se contentant de pleurer discrètement leur peine et de s'ajuster à celle de Francine pour l'alléger et la rendre plus supportable.

Quand tous les cinq quittèrent la chambre et se rendirent à la maison de Zoé et de Francine, midi avait sonné depuis un certain temps.

— J'aimerais être seule dans notre maison, s'était-elle contentée de dire.

— Tu es sûre que tu n'as besoin de rien? avaient demandé les autres.

— Ne craignez rien: je me sens bien maintenant.
Je vous donnerai des nouvelles demain.

Elle entra apportant avec elle le document que l'in-
firmière lui avait remis à la sortie de l'hôpital, celui qu'on
avait retrouvé près du corps de Zoé, étendu inerte dans
la rue.

Elle s'arrêta au salon, s'affala dans un fauteuil et
soupira longuement.

Que d'événements en si peu de temps! Que de
bouleversements, que d'émotions! Que de souffrances, de
bonheurs, de peines, de joies! Elle avait l'impression d'avoir
vécu plusieurs vies en quelques heures. Des vies succes-
sives qui s'étaient insérées dans la sienne et qui lui avaient
complètement échappé.

Elle éprouvait une sensation étrange. Elle aurait dû
être triste et malheureuse et pourtant elle ne l'était pas.
Elle aurait dû s'en vouloir, se culpabiliser d'avoir oublié
de fermer la porte à double tour, que c'était à cause de
son étourderie impardonnable que les incidents si malheureux s'étaient succédé. Elle ne ressentait aucune cul-
pabilité...

La douleur et la peine s'étaient extirpées d'elle à
l'hôpital et il n'y avait plus de place pour elles dans son
cœur.

Les seules images qui surgissaient et qui s'attar-
daient dans son esprit c'était le regard et le sourire de
Zoé, c'était leurs amours retrouvées, c'était elle et lui ensemble. Que lui importaient que ces instants eurent été
si courts, que lui importaient les malheurs d'avant et
d'après, elle savait que dorénavant, ces images auraient
toujours priorité dans son esprit et qu'elle pourrait les

faire revenir à volonté. Elle était convaincue que c'était aussi celles-là que Zoé avait amenées avec lui quand il avait fermé les yeux pour la dernière fois.

Zoé était mort, et elle,... elle était là assise paisiblement dans un fauteuil, laissant le sommeil s'approcher sans lui opposer aucune forme de résistance.

Son homme n'était plus et elle,... elle était là, endormie, serrant dans ses bras son document et se laissant bercer doucement par des rêves d'amour...

15

À ma Francine bien-aimée.

Il me semble qu'il y a une éternité que je t'ai écrit. J'ai un peu honte de moi. Je sens que ce sera ma dernière lettre. Je voudrais qu'elle soit longue, mais je ne pense pas en être capable. On dirait que je ne sais plus écrire. J'ai de plus en plus de difficulté à me concentrer, à mettre ensemble mes idées et même à trouver des mots pour m'exprimer. Parfois, je ne sais pas trop où je suis et ce que je suis venu y faire. J'oublie tout et je perds tout.

Si je t'écris c'est pour te faire un aveu et pour te confier un bien précieux: mon roman. Si je ne t'en ai jamais parlé avant, c'est que je voulais te faire une surprise et te l'offrir cet été à notre anniversaire de mariage. Je pense, Francine, que ce n'est pas un vrai roman, que c'est une histoire de la vraie vie avec des personnes qui ont vraiment existé. On dirait un récit de la vraie vie qui ressemblerait à un roman. Je savais que j'étais incapable d'écrire un vrai roman, d'inventer une histoire fausse, de rendre des personnages malheureux, de les faire souffrir. Je ne suis pas habile à parler de la souffrance. D'ailleurs, depuis que je ne me sens pas bien, je suis incapable de poursuivre mon récit. Mon «roman» est en panne. J'ai amené mes deux personnages principaux dans un cimetière et je ne sais pas comment les faire sortir de là. Je suis fatigué, Francine. J'ai peur de tout, j'ai peur de tout ce qui se passe dans ma tête, j'ai peur de moi...

Je t'embrasse, mon amour!

Zoé
Le 22 décembre 1994

«Mon amour», répéta-t-elle plusieurs fois.

* * *

Quand, vers 17 h, elle sortit de sa profonde léthargie, elle constata que le document était sur le tapis à ses pieds. Et tout près, une enveloppe, qui s'en était détachée, contenant la lettre de Zoé qu'elle venait de lire.

Elle avait maintenant repris tout à fait ses esprits. Elle sentit de nouveau son cœur se ramollir et les larmes lui monter aux yeux. Des images circulaient lentement dans son esprit et se joignaient aux mots qu'elle murmurait.

«Le 22 décembre 1994»!... Mais...! Mais... c'était la veille... du cimetière...! »

«Ses amis qu'il me présenta, ce soir-là, c'était donc...!»

«Un roman...! Zoé a écrit un roman...!»

Quand elle prit le document, c'est à peine si elle voyait ce qu'elle faisait tellement les larmes lui voilaient les yeux et que ses mains tremblaient... Elle lut.

... Télesphore avait commandé: «Donnez-lui le prénom de Zoé.» Trois jours plus tard, l'enfant était baptisé: Zoé Delcourt...

«Zoé Delcourt», mais c'est lui! C'est mon Zoé!

Si les parents de Zoé avaient accepté de si bonne grâce «sa suggestion», c'est qu'ils avaient un grand respect et une profonde affection pour Télesphore et qu'ils savaient l'importance qu'il accordait à ce prénom.

«Je pense, Francine, que ce n'est pas un vrai roman, que c'est une histoire de la vraie vie avec des vraies personnes qui ont existé...»

À North Hatley, en Estrie, où il se rend parfois, il a fait la connaissance d'un poney qui porte aussi ce prénom: Il s'appelle Zoé Poney.

«Zoé Poney!», reprit-elle en souriant.

Elle leva la tête et cessa un instant sa lecture. Elle sentit grandir en elle une grande tendresse, un immense bonheur...

Zoé n'était pas mort. Il était là devant elle, enjoué, espiègle, souriant, vivant... Elle sentait qu'en tournant

chaque page, elle le retrouverait; elle savait qu'en tournant chaque page, elle se retrouverait avec lui... comme
autrefois...

«Zoé..., Zoé, mon amour...»

ACHEVÉ D'IMPRIMER
CHEZ
MARC VEILLEUX,
IMPRIMEUR À BOUCHERVILLE,
EN FEVRIER MIL NEUF CENT QUATRE-VINGT-DIX-NEUF